マガジンハウス

ミアキス・シンフォニー

目次

Minors Symphony

装画／ヒグチユウコ

装丁／岡本歌織（next door design）

0　白い壁

目の前の白い壁をじっと見つめているうちに、本当にそこに壁があるのかわからなくなる。まるでなにもない世界に吸い込まれてしまったみたいだ。

白という漢字は、白骨化した頭蓋骨のかたちが由来だと聞いたことがある。白は死の色なら、真っ白なこの場所は死後の世界なのかもしれない。

意識が朦朧とするなか、わたしは少しでもその世界に引っ張られないよう、そっと壁に手を伸ばす。

硬くて冷たい質感が指に触れる。壁は確かにそこにある。見えないけれど、確かに存在する。

わたしはそれを確信したかっただけだった。そうすれば見えないものだって、見えてくるかもしれない、と。結果的に、わたしは壁の内側に閉じ込められた。

力の入らない足でどうにか立ち上がり、わたしは与えられた黒のマジックを取りにいく。自傷行為をしないよう、鉛筆やシャーペンなど尖ったものはここにはない。なおかつマジックなのは、書いたものの形跡を消させないためだ。

白壁に手をついたわたしは、〝自分〟と下の方に書いた。そして古屋の外壁に這うツタのように、〝自分〟から上の方へ数本の線を伸ばしていく。頼りない線の先に、〝パパ〟〝ママ〟〝あや〝忠《ただし》さん〟〝波定《なみさだ》さん〟――とわたしを構成する人たちの名前を記し、そこからまた線を引っ張って、関連する人の名前を連ねていく。そうするうちに曖昧な記憶がありありと浮かび上がる。

いくつもの名前が線で結ばれたその壁は、相関図というより系統樹のようだった。

――ミアキス。

犬と猫はもとはミアキスという同じ種だったという。しかしそれぞれ別の進化を辿り、細かく枝分かれして、多種多様な種となった。

わたしたちだってもとは同じ動物だ。いや、ちがう。そもそも人間はみんなホモ・サピエンス・サピエンスだ。同じ種なのに、どうしてこんなに同じじゃない？

最近はすぐに疲れてへたり込んでしまう。気づけば眠っていて、目を覚ますと壁は白く戻っていた。

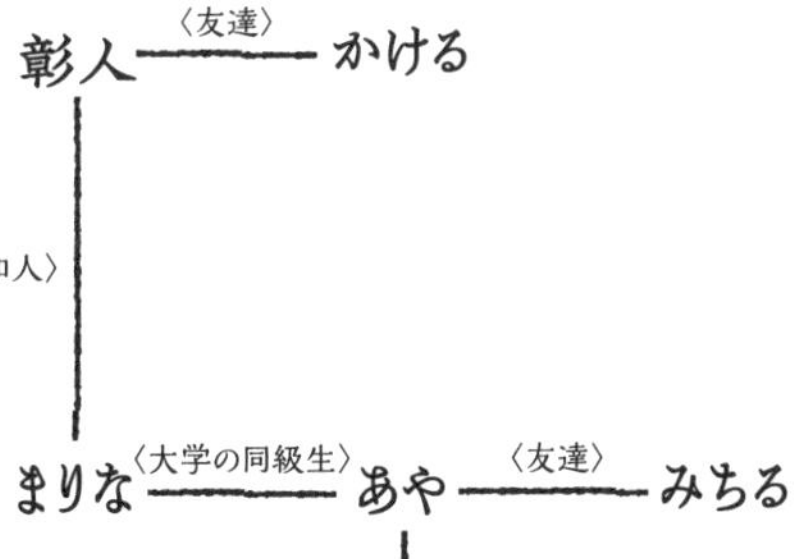

1　わたしのともだち

みちる

あやちゃんが泣いてる。帰ってくるなり小さく「ただいま」と言って、そのままベッドに倒れ込んで、枕に顔をうずめて。

ひさしぶりだからお話ししたい。けれど、わたしは話しかけられるまで待っていなくちゃいけない。このもどかしさはいつまでも苦手だ。

あやちゃんは泣いても涙を流さない。声も出さない。ただじっと宙をみつめる。なにかをゆっくりと受け入れているようにも、ただ思考停止しているようにもみえる静かさで、仰向けになってじっと空中を眺めている。

天井からぶら下がったシャンデリアが部屋の壁をきらきらとさせる。その光のシャワーも相まってあやちゃんはここではどうしても美しくなってしまう。だからわたしはよく、この部屋がもっと汚かったらいいのにと思う。そしたらあやちゃんは、もっともっと楽になれるような気がするんだ。それに、わたしにはその方が似合う。

「みちる」

あやちゃんはわたしをみないまま呼んだ。

「なに、あやちゃん」

「わたしだめやね」

博多弁が懐かしい。こっちにきてからすぐに標準語に直しちゃったから、二年ぶりだ。

「どうしたと?」

合わせて博多弁で返したけれど、そのあとの彼女は黙ったままで、わたしも口を閉じるしかなくなる。

あやちゃんの茶色い髪をみていると、彼女が初めて髪を染めたあの日を思い出す。あれは中学生だった。両親に内緒で髪を明るくした彼女は、怒られるかもしれないと気まずそうに帰ってきた。普段はおとなしい娘の大胆な行動に、パパとママはすごく戸惑っていたけれど、あまりに似合っていたのでなにも言えなかった。子供が大人ぶったみたいなちぐはぐ感はちっともなくて、ふしぎなくらい自然だった。

あやちゃんはパパとママのどちらにも似ていない。だからふたりは「あやは空から降ってきたんだよ」なんてふざけていたけれど、わたしはママのおなかから出てくるのをみていたからそんなの嘘だって知ってる。

「なんでみんなわたしのこと置いていくとかいな」

「向こうでなんかあったと?」

あやちゃんはこの春休みに実家のある福岡に帰っていた。成人式のときは帰れなかったからやっとみんなに会えると喜んでいた。このところ落ち込んでばかりだったから、わたしも福岡に帰るのは賛成だったし、きっと気晴らしになると思った。

あやちゃんは、寝転がったまま天井に手を向けた。あやちゃんのネイルが福岡に戻る前と変わっていた。紺色ベースにラメがちりばめられていて、夜空が閉じ込められたみたいだった。

「きれいな爪やね」

そう言うと、あやちゃんは「圭ちゃんに爪、塗ってもらったっちゃん」と手を元に戻した。

圭ちゃんは、高校生のときにあやちゃんに群がっていた子たちのひとりだ。すごく野暮ったくて、あやちゃんの反対側みたいな人だった。だけど圭ちゃんはあやちゃんが教えたメイクやファッションをどんどん吸収して、みるみるかわいくなった。それにネイルの才能もあって、あやちゃんとお互いに爪を塗り合ったりしていた。

「圭ちゃん、きれいになっとった」

あるとき、家に遊びにきた圭ちゃんが「あやちゃんがおったけん、わたしは自分を好きになれたっちゃん。ありがとね」と言った。あやちゃんはまんざらでもなさそうに「そう言ってくれてうれしいよ」と笑った。だけど圭ちゃんが帰ると、突然泣きだした。あやちゃんが泣くところをみたのは初めてだった。そのときも涙は流れていなかった。

「この春からネイリストになるって」

圭ちゃんが遊びにきた翌日、あやちゃんは「みちる、わたし、東京の大学に行こうと思うっちゃん」と言った。「もう福岡のにおいがいややん。昔は気づかんかったんやけど、最近商店街の麺を茹でるにおいがいやでいやでしかたないっちゃん」。

　それからあやちゃんは東京の私立女子大に合格し、上京した。たくさんの荷物を実家に置いてくるなかで、わたしのことだけは連れてきてくれた。新生活に意気込んでいたあやちゃんは大学はもちろん、洋服屋さんのバイトも毎日一生懸命頑張って、そのお金で洋服や化粧品、家具など、とにかく東京にしかないかわいいものを買い集めて、充実した時間を送ってるみたいだった。なのに数ヶ月過ぎた頃からあんまり笑わなくなっていって、いつしか今みたいに泣くようになった。

「圭ちゃんだけじゃなか。みっちょんはもう結婚して子供もおって、みほはもうすぐオーストラリアに海外留学するって」

「それがどうしたん？」

「わたしはここでなにしとるんやろうね」

　あやちゃんは立ち上がって引き出しから輪ゴムの束を取り出し、手にはめた。いつものが始まる。輪ゴムの巻かれた手首は肉がはみ出て苦しそうだった。そしてゴムをひっぱり手を離すと、ピチッと音が部屋に響いた。あやちゃんは腕が真っ赤になるまで何度もそれを繰り返した。

「やめた方がいいよ」

　あやちゃんは紙で指先を切ったとき、足の小指をぶつけたとき、つけたままのピアスを服にひっかけたとき、どことなくうれしそうだった。生きていることを実感しているようにもみえたし、自分を罰しているようにもみえた。

だけどあやちゃんは自らを傷つけたりしない。そういう気分になっても、最後のところで自分がかわいいことをわかっているし、結局自分が好きだから、傷あとが残ることが許せない。わたしはそんなふうにどこまでいっても自分に甘いところが、ちょっとだけ憎らしかった。

「なんなんやろ、わたし」

輪ゴムをひっぱりながらあやちゃんがそう呟いた。輪ゴムをひっぱる力がいつもより強くて、痛々しい。

「福岡におったとき、みんながわたしを褒めるけん、わたしはここにおったらいかんと思ったんよ。わたしがあっちにおったら、みんなわたしに縛られてしまうやろうし、わたしもわたしで、あっちには合わん人間と思っとったと。でもわたしが東京におるあいだに、みんなすっかり大人になっとったっちゃん。わたしは全然大人になれとらん。あのまま福岡におった方がよかったとかいな」

あやちゃんは化粧台からハサミを取り出した。輪ゴムと腕の間に刃を入れてから輪ゴムをハサミでひっぱると、輪ゴムは切れて方々に飛び散る。それからハサミの刃を腕の方に向けて肌に当てた。

自分に甘いはずのあやちゃん。

「あやちゃん。痛いよ」

あやちゃんは刃を腕にぐっと押し当てる。

「わたしはあやちゃんの痛いの、みたくないと。それにわたしはあやちゃんと同じやけん、あやちゃん傷つくとわたしも痛いっちゃん」

ハサミを持つあやちゃんの手が震えている。

「どうしてもしたいんやったら、わたしを傷つけていいけん」

「んなことできるわけないやん」

「そやったらそのハサミは置かないかんよ。今もわたし、痛いけん」

するとあやちゃんはハサミをそっと手から離し、テーブルに置いた。それでもやりきれないのか、からだに充満したもやもやを吐き出すように、部屋のなかをぐるぐると歩き回った。そして唐突にわたしのからだを摑み、外へ出ていく。

ひさしぶりの外だった。こんな状況なのに春の柔らかい夜風を心地よく感じてしまう。しなびてくたくたになったからだが昔に戻っていくような気分になる。

それから一時間以上あやちゃんは歩いた。やがて遠くに校門がみえる。きっとあやちゃんの通っている大学だ。春休み中だし、夜だから入れないと思ったけれど、なぜか校門は開いている。あやちゃんは吸い込まれるように入っていく。

校門を抜けると桜並木になっていた。暗闇に映えたピンクはとてもきれいだった。あやちゃんはきっとこれをみたかったんだろう。あやちゃんはピンクが好きだから。

人影はほとんどなかった。ときどき職員らしい人とすれ違ったけれど、ちらっとこっちをみただけで声をかけてきたりはしなかった。

あやちゃんは桜の下のベンチに座り、わたしを隣に置いた。それから遠くをみて、また涙を流さずに泣いた。

誰かが隣のベンチにやってきてタバコを吸う。あやちゃんはその人を避けるように、わたしを持って離れようとした。だけど間に合わず、彼女から「あや？」と声をかけられた。

「あぁ、まりなちゃん」

あやちゃんはそう返事をした。

「なにしてんの？」

「そっちこそ、どうしたの？　てかなに、それ」

彼女がわたしを指差した。あやちゃんは軽く動揺して「うさぎの、ぬいぐるみ」と言った。

「いや、みればわかるけどさ。なんで？」

それからすぐに彼女は「まぁどうでもいっか」とぶっきらぼうに続けた。

「わたしのともだち」

あや

どうして西倉《にしくら》まりなが――。

もちろん会うとしたら大学なんだけど、春休みの、しかもこんな夜に同級生がいるなんて思わない。わたしも自分がどうしてここにいるかわからない。首輪をはめられたみたいに、誰かに引きずられるみたいに、わたしはここへ来た。

西倉まりながわたしに気づく前にベンチから離れよう。

「あや?」

これまで彼女に名前を呼ばれたことはなかったので、ドキッとした。同級生とはいえ話したことはほとんどない。

「まりなちゃん」

相手に合わせて答えてしまう自分が嫌い。「あら」くらいの反応をしておけばいいのに、どうしていつもこうなんだ。

「なにしてんの?」

「そっちこそ」

桜の隙間から外灯の明かりが零れて、地面をまばらに照らしている。わたしはやり場に困った視線をそこへ向けて、ここからうまく離れる方法を考えた。

「それ、なに?」

彼女が指を差す。

「うさぎの、ぬいぐるみ」

みちる、とは言えなかった。

「いや、それは、見ればわかるけどさ。ずいぶん年季が入ってるように見えるけど、なんなの?」

「わたしのともだちなの」

「へぇ」

タバコを挟む西倉まりなの指先は、黒くて味気ない。わたしの爪は彼女の爪より圧倒的にきれい。

「わたしもそういう友達いたわ。ペンギンのぬいぐるみで『ギンちゃん』って呼んでた」

西倉まりなの口から煙が零れ、ひらひらと舞う桜に絡んで霞んでいく。

「こっち、座らない?」

彼女がそう言って腰をずらす。

「わたしさ、小学生のときに両親が離婚したんだけど。そうなるとママも仕事しなくちゃいけなくなって、ひとりでいる時間がどうしても増えちゃうじゃん? それを気にして、パパがプレゼントに毎年ぬいぐるみをくれるようになって。そのひとつめがギンちゃんで。懐かしいなぁ」

隣に座ると、西倉まりなからお酒の臭いがした。

「他のぬいぐるみもかわいかったんだけど、ギンちゃんだけは特別だったんだよね」

彼女の頬は赤みがかっていた。

「ギンちゃんと会話ってしてた?」

「会話っていうか、ギンちゃんになりきって喋るみたいなのはあったよ。腹話術みたいな感じ」

普通はそうだよね。やっぱりわたしたちとは違う。

「あやちゃんはその子と会話してるの？　あ、名前ってあるわけ？」

「みちる」

抱えたみちるの頭をそっと撫でる。

「わたしはみちると話せるの」

西倉まりなはわたしをしばらく見てから、まだ長いタバコを灰皿にこすりつけた。そして
「聞かせて、その話」と言った。わたしはためらったけれど、彼女は話し始めるのをじっと待っていた。

「みちるは、わたしが生まれたときからずっと一緒なの。もともとママのともだちが出産祝いでくれたぬいぐるみで、初めはママが気に入ってたんだけど、わたしがこの子を欲しがっちゃったみたいで、それからずっと。だから物心ついたときからそばにいたの」

「話せるってどういうこと？」

「自分でもわかんない。でも、みちるの声が聞こえるの。うれしいことも悲しいことも言うし、ときにはわたしを叱ってくれたりもするよ」

「不思議。そういう友達って自分に都合がいいことだけ言いそうなのに」

西倉まりなのハスキーな声は、やけに大人っぽくて苦手な音だ。

「それってさ。どうしよう、こういうこと言うと傷つく系かな」

「なに？」

「はっきり言うけどごめんね。結局そういう他人には聞こえない声って、自分の声でしかないわけじゃない。ってことはあやちゃんが自分で自分を叱ってるわけでしょ」

「そうじゃないの、みちるはわたしじゃないの」

「ですよね、そうなりますよね」

わたしはみちるに「ねぇ、みちるはわたしじゃないよね？」と聞く。だけどこんなときにかぎって、みちるは返事をしてくれない。

「なんだって？」

西倉まりなが急かすから、集中して会話ができない。

「ってか、みちる、なんか汚れてない？」

「そりゃ汚れるよ、二十年以上だもん」

「そうじゃなくて、ほら頭の後ろのところ」

白いはずの後頭部が赤く染まっている。

「なんだろこれ」

西倉まりなはわたしの腕を摑んで、引き寄せる。

「ちょっと、どうしたのこれ」

手首の血はすでに乾いていて、こするとポロポロと剥がれて落ちていった。

「もしかして、自分で」

さっきハサミを当てたところだ。切るつもりはなかったけれど、切れちゃってたらしい。

西倉まりなはわたしの顔をじっと見て、それから一度視線を外し、そしてまた見た。

「洗いに行こっか」

わたしは「いい」と断った。でも西倉まりなは「だめ」とわたしの腕を掴んだまま、職員室のある校舎へと歩いた。

トイレに入るなり、西倉まりなは「流しな」と言い残して個室に入っていく。わたしは固まった血を溶かすように、指で撫でながら傷口を洗った。だんだんと傷痕が露わになる。切り口は思ったよりも小さかった。こんな小さいところからあれだけの血が出るのかと、自分の身体に感心した。みちるの後頭部も洗ってあげたけれど、ついてしまった血は取りきれなくて、ぼんやりと茶色く残ったままだった。

びしょびしょになったみちるを絞っていると、トイレから出てきた西倉まりなが、「これ」とポーチから絆創膏を差し出した。

「ありがとう」

自分で貼ろうとしたけれど、うまくできなかった。「もう、やってあげる」と西倉まりなが絆創膏を奪って貼り直す。

それからわたしたちは、どちらからともなくベンチに戻った。西倉まりなはまたタバコに火をつけ、ふぅと煙を吐いた。

「タバコ吸ってたんだね、知らなかった」

「二十歳になったから、できること一通りやってみようかなって。すぐやめるかもしれないし、続けるかもしれないし。まだわかんない」

「そっか」

「ねぇ、聞くけどさ。なんでそんなことしたの?」

彼女がわたしの腕を指差す。

「うちにシャンデリアがあるの。豪勢なのじゃないよ。全部プラスチック。とはいっても、それなりの値段がしたんだけどね。とにかくすごくかわいいの。福岡にいたときはそんなの見たことなかったから、初めて見た瞬間からどうしても欲しくて、バイト頑張ってお金貯めて買った」

「いいじゃん」

「でも東京にいる時間が長くなってきて、だんだんと偽物に思えてきて、あんなに大好きだったものが全然好きじゃなくなっちゃった」

みちるはくたびれたままで、わたしの方を向いてくれない。

「地元のともだちはみんな楽しそうだった。わたしは福岡より東京の方が合うって思ってたけど、こんなわたしの居場所なんて世界中のどこにもないようなふうに思えてきて」

「なんだそれ」

話しながらまた悲しくなるわたしに、西倉まりなは呆れたように笑った。

「それで? その苦しいとき、みちるちゃんはなにも言ってくれなかったわけ?」

「言ってくれたよ、今日だって」

「でもやっちゃったんだ」

西倉まりなは垂らしていた髪を束ね、「来て」とわたしの腕をまた掴み、どこかへ引っ張っていく。

植木の近くに置かれた籠状のゴミ箱まで行くと、彼女はいきなりそのなかに手を突っ込んだ。そしてなんでもない紙くずを取り出すと、ライターで火をつけて再びゴミ箱に戻した。

「だめだよ、そんなことしたら――」

わたしがそう言うよりも早く、火は他のゴミに燃え広がり、あっというまに焚き火のようになった。彼女は「これももういいや」と、タバコとライターも投げ入れる。

わたしは困惑した。足がすくんで、喉が震えて、どうしたいのかもわからなかった。

「みちるもこんなかに入れなよ」

「は?」

「みちるちゃん、燃やせって言ってるの」

西倉まりなの冗談は信じられないほど笑えなかったが、わたしは笑って受け流した。だけど彼女は真顔のまま、「はやく」とわたしに詰め寄る。

「え、いやだよ」

「いいから」

「なんで、いやだ」

「だってそれ、友達じゃないもん」

「なに言っとうと」

西倉まりなが強引にみちるを奪い取ろうとする。わたしは必死にみちるを握りしめ、抱え込む。みちるの水分がわたしの服に浸透して冷たい。

「わたしのみちるに触らんで」

わたしはみちるをしっかりと抱きしめていた。絶対に離さないようにぎゅっと抱きしめていた。

「やめてや」

なのに、みちるはなぜかわたしから離れていった。まるで自ら飛び込むみたいに、宙を舞って炎のなかへ放り込まれていった。

どうして――。

みちる、みちる。

わたしの大事なおともだち。たったひとりのおともだち。

どうして、どうしてこんなことになったんやろ。

はよ、助けな。

なのにわたしの身体は動かない。ただ燃えるゴミ箱を無力に眺めることしかできない。そんな自分が許せない。何度も助けてくれたみちるを、わたしは助けることができない。

もうなにも見たくなかった。両手で目元を強く押して、どんな光も入らないようにした。

「おい」

西倉まりながその手を強引に剥がす。やめてと叫んでも、彼女はやめてくれない。力が強くて、わたしはその場に倒れるようにへたり込んだ。

ゴミ箱からは火が上がり、煙が立ち上っている。

どうして火は赤いんだろう。どうして血は赤いんだろう。赤いものはどうして、暴力的なんだろう。

突然、ゴミ箱が横に倒れる。火のついたゴミが地面に散らばり、みちると目が合う。みちるは濡れていたから、まだ燃えていなかった。ただ灰で黒く汚れている。

「どこだ」

かたわらにいた西倉まりなが、臆することなく炎のなかに入っていく。スカートの裾に火が移るのも気にせず、さっとみちるを拾い上げ、戻ってきて燃えている部分を手で叩き、消した。

「はい」

西倉まりながわたしにみちるを渡す。ぬるくなったみちるは、まるで体温があるようだった。

「なんなの」

「なんなんだろうね」

遠くから見回りの警備員が走ってくる。わたしは指差し、それを彼女に知らせた。

「あや、行くよ」

そう言って西倉まりなが走り出す。

「待って」

わたしは重たい足を一生懸命動かし、彼女の背中を追った。そのとき、わたしの爪が割れているのが目に入った。

「待ちなさい！」

警備員の声が夜に響く。

「あやちゃん、泣いとうと？」

「わたし、泣いとう？」

「うん、ちゃんと泣いとうよ」

「そっか、わたし、今泣いとるんやね」

走りながら校舎を振り返る。燃える炎に照らされた桜は、わたしが見たかった景色だった。

エコロケーション

みちる

自分から洗剤のにおいがする。いいにおいだけど、洗い立てって感じで少し恥ずかしい。

「みちるちゃんはここに来たことがあるの？」

かけるくんのプラスチックの瞳が眩しい。

「うん。ここ二度目」

「へー、そうなんだ」

「だけどね、全然そんな感じがしない」

「どうして？」

「前に来たときは夜だったから」

目に入った桜の枝には、緑の葉が花に覆いかぶさるように広がっていた。

「それに、あのときは大変だったから」

「燃やされたんだって？」

「どうして知ってるの？」

「どうしてだろう」

かけるくんの青さが、わたしの白にも反射する。彼の表面の細かい毛は、太陽の光できらきらしてきれいだった。

「よく焦げなかったね」

「濡れてたから」

あやちゃんが心配そうにこっちを見る。

「僕だったらすぐ燃えるな」

「どうして？　海の生き物なのに」

「石油のにおい、するでしょ？」

「あんまり気にならないよ」

「そうかな」

「だけどわたし、耳のところが、ちょっと黒くなっちゃったんだ」

「あんまり気にならないよ」

わざとなのか、彼はわたしの言葉を繰り返した。オウム返しだと思い、つい笑ってしまう。

くちばしがあるけど、かけるくんは空は飛べない。

「あやちゃんは気になるみたい。だから何度もわたしのことを洗うの」

あやちゃんが「だって」と口を挟むものの、それ以上はなにも言わなかった。

「あやちゃんってね、とても几帳面なの。リモコンの位置は決まってるし、お洋服は色ごとに分けてるし、チャーハンのグリンピースもすごくきれいによける」

「それは几帳面っていうのかな」

「几帳面だよ、ひとつ残らずはしっこによけるんだよ。しかも早いの」

「そんなこと言わんでいいけん」

あやちゃんがたまらずそう言って、膝に抱えていたわたしのおなかをぎゅっとにぎった。

「わかる。彰人も早いもん。しいたけよけるの」

それをきいてあやちゃんが彰人くんに「しいたけ、嫌いなんですか？」とたずねた。「え？

いや、あぁ、まぁ」

そうこたえると彰人《あきと》くんは、どこか気まずそうだった。

あや

「しいたけ以外に嫌いなものってあります？」

彼は視線をさまよわせてから、「ピンノ」と呟いた。

「ピンノ？　なんですかそれ」

「……あさりとかに時々入ってる小さいカニいるじゃないですか。あれです」

彰人くんは話すときに、あまり口を開けない。

「嫌いなんですか？　かわいいのに」

「キセイしているんですよ」

『寄生』よりも先に『帰省』という漢字が思い浮かぶ。

「同族嫌悪っていうのかな」

「えっ？」と聞き返すと、彼は「なんでもありません」とそっけなく言った。それからまた行き交う女子大生に目を移す。

会話が途切れてしまったので、わたしも同じように学生たちを眺める。

同年代の彼女たちはみんな生き生きとして見え、目を逸らしたくなる。手首を見ると、うっすらと傷痕が残っている。今年の春は博多には帰らなかった。

ここにいるのもあと一年。そのあとわたしはどこに行くのだろう。

彰人くんとわたしは無言のままだった。対照的にみちるとかけるくんは親しげにまりなちゃんのことを話している。

「仲良さそう」

彼はぼさぼさの眉毛を指でこすって「あー。うん、よかったです」と言った。

「違うところ行きます?」

「え? どうして?」

「だって、女子大にずっといるの気まずくないですか?」

本当はわたしが耐えられなかった。

「まぁ、そうっすけど。でも、すごく参考になってます」

彰人くんのTシャツの襟元はゆるゆるで、帽子から溢れてる髪はだらしなくて、わたしと一緒じゃなかったらきっと通報されているだろう。

「じゃあシナハン、うまくいってるんですね」

「ええ、まぁ」

彰人くんは目を細めて、遠くを見た。

「って言っても、まだほとんど決まってないんですけどね」

「女子大を舞台にするっていうのだけ決まってるんですか?」

「まぁ。でもそれも、決定ではないというか」

彰人くんはかけるくんの青いくちばしをそっと摘まんだ。

「すみません、こんなのに付き合わせて」

「大丈夫です。まりなの頼みですし」

五限の始まりを報せるチャイムが鳴ると、彰人くんは興味深そうに上の方を見た。

「うちの学校と違う音」

そう言って彰人くんはかけるくんを右手に持ち、「やっぱり別のところに行きましょうか」と言った。

「どこがいいですか？」

「あやさんが行きたいところ」

「じゃあ、水族館」

わたしがそう答えると、彰人くんの目が左右にすばやく動いた。

「どうしたんですか？」

「別に。なんで？」

「いやそうに見えたから」

「いやじゃないけど、どうして水族館？」

「かけるくん見てたら、なんか実物見たくなっちゃって」

「この辺にイルカ見られる水族館なんてないんじゃないかな」

「それがあるんですよ。五つ隣の駅に、筆門《ひつと》水族館」

授業に遅れている学生たちが、次々に校舎に吸い込まれていく。

「早く行かないと間に合わないかも」

彰人くんはかけるくんに顔を埋めて、こもった声で「ああ、はい」とこたえた。桜並木を歩く学生たちはずいぶんと少なくなっていた。

わたしと彰人くんは、それぞれのバッグにみちるとかけるくんを入れて、キャンパスをあとにした。校門をくぐる前、一度だけ振り返って桜を見る。太陽の光を浴びた桜は、ピンクというより白に近かった。

校門を出ると、彰人くんは立ち止まって「バス」と言った。

「え?」

「そこのバス停から、水族館まで行ける」

バス停の標識に近づいて路線図を見ると「筆門水族館前」という停留所が確かにあった。

「ほんとだ、なんで知ってるんですか」

「なんでっすかね」

彰人くんはそう言って、バスを待つ列に並ぶ。隣に立つと、今になって彼の身長が高いことに気がついた。

突然、彰人くんがわたしの後ろを見て、不器用な笑みを作る。視線の先にはベビーカーに乗った赤ちゃんがいて、彰人くんのバッグから突き出たかけるくんに手を伸ばしていた。

「この子が気になるのかな？」

彰人くんがかけるくんを取り出して見せると、赤ちゃんはうれしそうにかけるくんの胸びれを摑む。「すみません」と謝るママに「気にしないでください」と彰人くんが返すと、信号の先にバスが見えた。

「ほら、バス来るから離して」

ママが赤ちゃんにそう話しかけても、彼はかけるくんを離そうとしない。ひめりんごみたいな小さな手のどこにそんな力があるのか、彼はかけるくんをぎゅっと握り込む。わたしが赤ちゃんの気を引こうとみちるを出してぴょんぴょん動かすも、赤ちゃんは目もくれず、かけるくんにだけ夢中だった。

「もう」

バスが停車すると、ママは強引に小さな手を開き、かけるくんを彰人くんに返す。すると赤ちゃんが顔を真っ赤にして泣き出したので、ママは慌てるわたしたちを気遣ってか、「次のに乗りますから」と列から外れた。わたしたちは小さく会釈し、居心地の悪さを引き連れながらバスに乗った。

久しぶりに乗ったバスからは、燻されたような、懐かしいにおいがした。

「かけるくんとはいつから一緒なんですか？」

「小学校のときだから、もう十年以上すかね」

彼は窓の向こうに流れる家々を見送りながら、そう言った。

「みちるちゃんとは？」

「わたしたちは生まれたときから一緒なんです。出産祝いにママがともだちからもらったもので」

彰人くんはつり革ではなく、つり革がぶら下がっているポールに手をかけた。

「僕は大叔母と一緒に水族館に行ったときに買ってもらったんです」

「大叔母ってもしかして」

彰人くんは上げた腕に頭をもたれて、「波定《なみさだ》テツ子です」と言った。

「一緒に水族館なんて行ったら大変なんじゃないですか？」

「水族館のなかは暗いので、あんまり顔がバレないんですよ。だけど、ショー」

「イルカショー？」

「そう。あれって外じゃないですか。『そっちは明るいから』っていやがるんです。だけど僕はどうしても見たかった。『絶対見たい、見なきゃ帰らない』ってすごいごねて泣きました」

彰人くんは「そしたら、これ買ってあげるからって」と言って、かけるくんを揺らした。

「こんなんで、満足するわけないいんですけど」

彼はそう言って、かけるくんの入ったバッグをポンと叩いた。

みちる

あやちゃんが男の人とこんなふうに話すところをみたのは初めてだった。帰ってきてから「あのね、みちる、今日ね」って話し始めることはよくあったけど、実際に会話をしているところに出くわしたことはない。

「こんなんで、満足するわけないんですけど」と言われたときのかけるくんの顔を見る。寂しそうではないけれど、なにも言わない。

「だけど、大事にしてるんですね」

あやちゃんの言葉に彰人くんは目線を上げて、「そうですね」とささやくようにこたえた。それから彰人くんは車内を見回したり、窓の外に目を向けた。物語を作る人はいつも観察しなくちゃいけないから大変だ。

一方であやちゃんはうつむいている。人と比べる癖は今も抜けていない。自分の行き先を自由に決められるはずのあやちゃんが、自らがんじがらめになっているようにみえて、わたしも彼女から目を離した。


一週間前、まりなちゃんはまるで遊園地にでも誘うかのように「来週の水曜、空いてる?」とあやちゃんに尋ねた。

「空いてるよ」

「彰人に大学を案内してほしいんだよね」

まりなちゃんはいつもスキップするみたいに話す。

「彰人って誰？」

「わたしの知り合いで、女優の波定テッ子の親戚」

あやちゃんが口を挟もうとするけれど、まりなちゃんは勢いよく続ける。

「そいつ、あやと同じように、ぬいぐるみと喋れるの。わたしたちと同い年で、長谷川大学で演劇やってる。それでね、次の公演で女子大を舞台にした脚本を考えてるんだってさ。そのシナハンで校内を案内してほしいって言われたんだ。他校の学生がふらっと女子大に入るわけにもいかないっしょ。だけど、わたしその日予定あってさ。あやの兄ってことにして、同行してあげてほしいんだわ」

あやちゃんは疑問がありすぎて混乱したらしく、「シナハンってなに？」と一番あと回しにするはずの質問をまりなちゃんにぶつけた。だけど彼女はそれにはこたえず、「大丈夫、いいやつだから。それに、あやにとってもいい話し相手になると思うんだ」と言った。

「でもわたし、就活の準備しなくちゃ」

「就活？　そんなんやってんの？」

「やってるよ、遅いくらいだよ。まりなちゃんはなにもしてないの？」

「してない」

「どうして？」

「逆にどうして？　働きたいところがあるの？」

「考えてるのはアパレルとか化粧品会社とか、かな。わたしにできるのってそれくらいしかないと思うんだよね」

「なんだそれ」

まりなちゃんはぶすっとした顔で「絶対会ってね。水曜日ね」と念を押した。あやちゃんは断ると思ったけれど、彼女に気圧されたのか「わかった、会ってみるよ」と返事をし、それからスマホでそっと「シナハン」と調べた。


車内の表示板に「筆門水族館前」と出ると、まもなくバスはスピードを緩めた。降りるとすぐのところにドーム状の建物があって、それが目的地らしい。あやちゃんが先を急ごうとすると、彰人くんが「本当に行きます?」と言った。

「行きますよ。いやなんですか?」

あやちゃんの眉尻が、頼りなく下がる。

「いやじゃない。けど」

最後の「けど」を聞かずに歩いていくあやちゃんを、彰人くんは重い足取りで追いかけた。

窓口のお姉さんは後ろで結んだ髪をシニヨンネットでまとめていて、キャビンアテンダントみたいだった。首元のスカーフには、ペンギンがプリントされている。

「こんにちは」と微笑みかけるので、あやちゃんが「おとな二枚、お願いします」と伝える。するとお姉さんは「あと三十分で閉館になりますが、大丈夫ですか?」と慣れた口調で返した。

「あの、イルカショーは?」

「本日の公演は全て終わりました」

あやちゃんが「どうします?」と振り返る。彰人くんは後ろの方を向いていて、反応しない。もう一度「どうします」と聞くと、彼はちょっとだけこっちを向いて「お任せします」と返した。

「あ、再入場でしたらチケット代は要りませんよ」

彼を見たお姉さんが、少し微笑んでそう言う。

「あ、いや、えっと」

彰人くんはあからさまにまごついて、「やっぱりまた今度にしませんか」と言った。

あやちゃんは不思議そうに彼を眺めたあと、「じゃあ、おみやげ屋さんだけ寄りましょ。チケットなくても入れますか?」とお姉さんに尋ねた。

「はい、大丈夫です。閉店時間は同じですので、お気をつけください」

ギフトショップに着くと、彰人くんは「やってもいいですか」と言って、ガチャガチャを何度もやった。出てくるのは魚のピンバッジで、シマアジが二個重なったのでひとつあやちゃんに渡した。他にイカとアユとシイラとサケが出て、最後にリュウグウノツカイが出たところで「早くしないと閉まっちゃうよ」とあやちゃんに言われると、彰人くんは諦めたような顔で財布をしまった。

なかに入ってすぐのところには、お菓子などが積まれていて、その奥の棚には様々な種類のぬいぐるみがぎゅうぎゅうに詰め込まれていた。

「あっ、あれって」

あやちゃんが指差した先には、かけるくんと同じぬいぐるみがいくつもあった。彰人くんは少し早口で、「テツ子おばさんときた水族館、ここだったんです。それで今日、あやさんに会う前にかけるを見てたら、ふと懐かしくなって午前中にここにきました」と言った。

「言ってくれればよかったのに」

あやちゃんの眉尻は、さっきよりも大きく下がっていた。

「すみません、言えなかったんです」

閉店を知らせるBGMが流れる。ふたりは黙ったまま店を出て、またバス停に向かった。

わたしは彰人くんのバッグにいるかけるくんに話しかける。

「ねぇ、教えてほしいことがあるんだけど」

「なに？」

「超音波が使えるってどんな感じ？」

「どうだろう、みちるちゃんもやってみればいいんじゃない？」

「できないよ」

「やってみなきゃわからないよ」

「じゃあ」

わたしは「まだ帰りたくない」と彰人くんに念じてみる。

「あの、あやさん」

彰人くんが突然立ち止まる。

「なに？」

「もしよかったら、これからご飯でも食べませんか」

彰人くんの言葉にびっくりしていると、かけるくんから「伝わったね」という超音波がわたしに届いた。

彰人

「思ったことと逆のことをしなさい」と言ったのはテツ子おばさんだった。幼い頃、僕の手を引いて歩く彼女がなに気なく言ったこの言葉は、なぜかやけに心に残り、どうしていいかわからなくなったときはそうすることにしている。

実際、いい方向に転がることも多かった。テストの二択やゲームの選択などでも思ったのとは違う方が正解だったり、電車の乗り換えでほとんど時間が変わらないルートがふたつあってどちらか迷ったときに直感とは逆に乗ると、別の方が事故で遅延する、というようなことが多々あった。

だからこのあとどうするべきか迷った今、どちらかといえば帰りたい自分の思いに反して、彼女をご飯に誘うことにした。断ってもらえたら楽だな、という本心をあやさんは知る由もなく、「いいですよ」とこたえた。僕は慌ててスマホを取り出し、「なにか食べたいものありますか」と尋ねながら店を検索した。

「お任せします」

さっき自分が言ったのと同じ言い方だった。

「オムライスとか、どうですか」

「はい」

検索結果に出てきた店の外観の写真を見ていく。レンガ調の外壁で、赤いテント看板にレトロなフォントで『スパイク』と書かれている店が目に留まった。あのときの店名は覚えていないけど、店構えはそっくりだ。

行ってみると、写真よりは少し古くなっているものの、イメージした通りの外観だった。重たい木製の扉を押す。鈴の音がして、奥から「いらっしゃい」という男性の声がした。

「お好きなところへどうぞー」

客は誰もいなかったので、窓際の眺めのいい席に腰掛ける。あやさんは座るなり、隣の席にうさぎのぬいぐるみを置いた。

僕も合わせてかけるを取り出し、隣に置く。

「お嬢ちゃん、かわいい人形だね」

オーダーを取りにやってきた主人が、あやさんに話しかける。

「『ありがとう』ってこの子も言ってます」

彼は目を丸くし、なぜか僕をちらっと見てから「そうかい」と笑った。

「オムライスふたつ」

僕が頼むと彼は「あーい」と言いながら、厨房に戻った。

「大丈夫?」

そう尋ねると「ああいう顔されるの、慣れてるから。彰人くんもそうでしょ?」と彼女は言った。

「ああ」

奥からバターの華やかな香りとケチャップの甘酸っぱい香りが漂う。

「ここ、来たことあるんですか?」

あやさんの目はほんのり茶色がかっていて、透けていた。

「うん。前に大叔母と水族館の帰りに」

あのとき食べたのはしっかりと火の通った卵で包まれた、すごくオーソドックスなオムライスだった。

「しっ、みちる、余計なこと言わんでいいと」

あやさんがぬいぐるみと話しながら、ちらっと僕を見た。

「聞こえなかったみたい。よかった」

小さい声であやさんはそう言った。それからかけるを見て「うんうん、え? そんなに?」と驚いた。

「週三回もオムライスを食べるんですか？」

あやさんは驚いたように言った。僕は頭を巡らせて「ええ、それくらいですかね」とこたえる。

「そんなにオムライスを食べたら、身体黄色くなっちゃいそう」

自分が嘘をついているのか、それとも演技をしているのか、わからなくなる。しいたけは好きだし、オムライスは滅多に食べない。そもそも僕には、ぬいぐるみの声なんて聞こえない。


「今から来て」とテツ子おばさんから急に呼び出されたのは、三週間前だった。『はしもと』という和食店に行くと、自分と同い年くらいの女性がいた。

テツ子おばさんは僕を見るなり「彰人、ちゃんと食べてる？」と言った。彼女は会うたびにそう口にする。

「ああ。食べてるよ」

「食べないと大きくならないからね」

「わかってるよ」

「この子、西倉まりなちゃん。とても面白い子だから、彰人に会わせたくて」

そう紹介された女性は、「どうも」と愛想よく微笑んだ。第一印象は悪くなかった。

三人での食事も、それなりに楽しめた。だけど、僕を呼び出した理由はよくわからなかった。きっといつもの思いつきだったんだろう。

一時間ほどしてテッ子おばさんが突然席を立った。そして「ちょっと予定があるから、先に出るわね。あなたたちはゆっくりしていきなさい」と言い残し、僕に多めの代金を渡して帰っていった。

「勝手な人だな」

僕がそう呟くと西倉はふぅと息を吐き、「あれですね」とそれまでとは全く違う口調で話し始めた。

「彰人くん、あ、もう彰人でいいよね。彰人は、ピンノだね」

「ピンノ?」

「あさりに時々入ってるちっちゃいカニ、あれに似てるよ」

「どういう意味」

「波定さんという大きな貝の内側で、ハサミを振り回してる」

あまりに唐突で、すぐには反応できなかった。しかし次第に怒りが湧いて、僕は声を震わせながら、「初対面でよくそんなこと言えるな」と吐き捨てるように言った。

「波定さんから聞いた限りしか知らないけど、でも今日会って確信した」

いても立ってもいられず、ハイボールを飲み干す西倉を置いて、僕は店を飛び出した。

しばらくして西倉まりなから連絡があり、もう一度会うことになった。こないだのことを謝りたいのかと思ったが、彼女は悪びれる様子もなく「うい」と挨拶をする。

「会ってくれないと思ってたのに」

「思ったことと逆のことをするようにしている」

「なにそれ」

「会いたくない人に会うのも、そういうこと」

「ふーん」

西倉は尖らせた唇を人差し指で弾き、「面白い子がいるんだけどさ。会ってみない？　こんな子なんだけど」とスマホの画面を向けた。

一見どこにでもいる女子大生だが、彼女はぬいぐるみと喋るのだという。

「彰人の舞台、今のところ一番新しいやつ、動画で見せてもらったんだけど」

「え、どうして」

「波定さんに見せてもらったに決まってるじゃん」

テツ子おばさんにも渡した覚えはなかった。

「わたしはね、彰人の視点はどれもワンパターンで、なんかこぢんまりしてると感じたの。キャラもいまいち書き分けられてないしさ。この子と会ったらなにかヒントがあるかと思って。ぬいぐるみと喋るくらいだしね」

からかわれているのかと思った。だけど彼女は前回よりも真剣だった。「会うだけ会ってみない？」。西倉は前のめりになって言った。そのおせっかいな姿勢は、テツ子おばさんと似ているように感じた。

演劇にはそろそろ見切りをつけようと思っていた。それに、そんな変わった人に会いたくなんてなかった。

「うん」

こんなときでも教えを守ってしまうなんて、自分でもどうかしてると思う。

「よっしゃ。ただね、条件があるんだ」

「なんだ」

「彼女の前で、君もぬいぐるみと話して」

「え?」

「フリでいいから。当日までに自分でぬいぐるみを用意しといて。名前は、うん、かけるでいこう」

西倉の言うことはむちゃくちゃだった。それでも結局言う通りにした。僕はずいぶんとやけっぱちになっていた。

「だけど、会ってなにを話せばいいんだ」

「舞台の題材探しに付き合ってほしいとでも言えばいいじゃん」

「シナハンか」

「シナハン?」

「シナリオハンティング」

「いいね」

どんなぬいぐるみを用意していいかわからないまま、当日の朝がやってきた。そもそもぬいぐるみってどんなところに売っているのか、いまいちわからなかった。オモチャ屋で買うのは恥ずかしいし、ゲームセンターのＵＦＯキャッチャーでゲットするのもあまりに非効率だ。

「ばれない嘘をつく秘訣はね、本当のことをなるべく交ぜるの」

テツ子おばさんがそう語ったことを思い出す。「俳優は嘘をつくプロなのよ」。

小さい頃に唯一持っていたぬいぐるみは、水族館で買ってもらったイルカだった。それがテツ子おばさんを困らせて手に入れたものだという皮肉をどう受け止めるべきか考えながら、僕は待ち合わせ場所から最も近い水族館へ向かい、イルカのぬいぐるみを買った。

待ち合わせまでまだ時間があったので、水族館を見て回る。かつてテツ子おばさんと行った水族館はここではなかったが、ぼんやりと記憶のなかの彼女が浮かび上がってくる。今よりもいくらか若い。微笑みかける姿を懐かしく思いながら、僕は彼女のあとをついていく。

子供のいないテツ子おばさんは、僕を実の子のようにかわいがった。両親が忙しいときはよく遊んでくれたし、ふたりきりでいろんな場所に行った。優しくしてくれる彼女が大好きで、僕がうれしそうにすると彼女も喜んだ。しかし大きくなるにつれ、彼女の求める「子供らしい彰人」と「本当の彰人」に差ができ始めた。それでもテツ子おばさんを傷つけたくなくて、本心は隠して「子供らしい彰人」を演じた。

あの日も本当は水族館には行きたくなかった。家でゲームをしていたい。だけどテツ子おばさんの誘いを断ることができず、僕は渋々彼女と出かけた。

水族館は退屈だった。それでも喜ばないと気が引け、僕ははしゃいでみせる。テツ子おばさんはうれしそうだった。けれどだんだんと嫌気が差して、胸のなかに濁ったものが溢れてくる。

テツ子おばさんが人の密集する場所を避けたがるのをわかっていながら、僕はイルカショーがどうしても見たいとごねた。手を焼いたテツ子おばさんはイルカのぬいぐるみを買ってくれたが、僕はそんなもので満足しなかった。結局テツ子おばさんは折れて、僕をイルカショーに連れていった。

スタジアムに着くなり、二頭のイルカが高くジャンプする。輪のなかをくぐると、盛大な拍手が送られ、トレーナーはイルカにご褒美のエサを渡した。そしてまた次の演目が始まり、観客は再び手を叩く。圧巻のパフォーマンスの連続に感動し、僕はすっかり心変わりをしていた。

——すごいね！

そう言おうと思ってテツ子おばさんを見ると、彼女は俯いていた。帽子を目深にかぶり、飛沫で濡れた地面だけを見つめていた。観客全員の視線がイルカに集まるなか、彼女はじっと堪えてショーが終わるのを待っていた。

「帰ろう」

僕はそう言って、イルカのぬいぐるみを抱きしめ、水族館をあとにした。

ふたりの間に言葉は少なかった。どうにか空気を切り替えたくて、オムライスが食べたいと駄々をこねる。テツ子おばさんは僕がオムライスを食べているところを見るのが好きだって知っていた。イルカショーとは違って、彼女はうれしそうに「しかたないなぁ」と近くの洋食屋に入った。

持って帰ったぬいぐるみは押し入れの奥にしまった。枕元に置こうとも思ったが、イルカショーのときの辛そうなテツ子おばさんを思い出してしまいそうで、怖かった。

僕はあのときの彼女を必死になって忘れようとした。けれど忘れようと思えば思うほど、自分が責められているようで、後悔に似たものがいつまでも僕の心に残った。

僕の胸に深く残ったのはそれだけではなかった。あのとき見たイルカショーでの興奮は長く尾を引き、やがてその感動はショーへの憧れというかたちでのちに再燃する。

中学に入ってすぐ、テツ子おばさんの出演する舞台を観劇した。それまでも出演作を観に行ったことはあったが、大人向けの作品はまだ早いと、観させてくれないことが多々あった。しかし中学に上がるなり、その方針は正反対に変わり、社会に出る前に率先して難解な作品を観るべきだと、この公演に誘われた。

この判断が見事に僕を貫いた。ギリシャ悲劇をもとにした作品は、知識のない中学生にとってはとても見にくく、セリフの意味も物語の筋も半分しか理解できなかった。にもかかわらず、役者たちの熱量と緩急のある演出が作り出す壮大な奥行きに、僕はとにかく胸を揺さぶられた。イルカショーの記憶もあいまって、自分がいかにステージを観るのが好きか実感したのだ。

終演後、楽屋に行ってその感動を伝えると彼女は喜び、同じ演出家の舞台が今度あるから一緒に行こうと誘われた。以来、頻繁にふたりで舞台へ行くようになり、帰りには感想を言い合うのが決まりとなった。舞台の世界にのめり込んでいく僕を支援するように、テツ子おばさんは舞台にまつわる知識をあれこれと教え、またたくさんの関係者も紹介してくれた。

その時間はとても幸せだったが、高校生にもなると次第にしんどく感じるようになった。言ってしまえば、テツ子おばさんと趣味が異なってきたのだ。彼女の好みが自分の好みではなかったとき、またその反対だったとき、テツ子おばさんはどことなく寂しそうな顔をした。その顔はイルカショーのときを彷彿とさせ、僕は結局彼女の好みに合わせた感想を話すようになった。

大学で本格的に演劇を始めることになり、このままではよくないと、テツ子おばさんと距離を取るようになった。周りにも波定テツ子の親戚であることは隠して、活動した。仲間を募り、自分の思い描くものを全て詰め込んでできた舞台は、初めてにもかかわらず納得のいくものに仕上がった。そしてその公演は、チケットも売れ、立ち見が出るほど大盛況だった。

しかし事実は違った。テツ子おばさんがあらゆるところに宣伝して回っていたのだ。問い詰めると、彼女はいつもの調子で「とにかく観てもらわないとだめよ」と言った。

「演者も作家もね、お客さんに育ててもらうの。そうして大きくなっていくの」

それから頼んでもいないダメ出しが始まった。台本、演出、役者の芝居。褒められることはほとんどなく、数えきれないほどの問題点を指摘し、続いて改善法を明確に指示していく。

彼女の意見はおそらく正しかった。けれど取り入れる気はなかった。

彼女とはそもそも好みが違う。この舞台は僕のものだ。僕が好きにやる――。

その後も彼女の意見を参考にすることはなく、僕は自分なりの表現を磨いて、貫いた。しかし自分が傑作だと思えば思うほど、テツ子おばさんだけでなく周囲の反応も薄かった。集客は右肩下がりになり、比例して公演に参加してくれる役者も減った。

やがて僕は自分を見失った。作りたいものがわからなくなり、そもそも舞台を作りたいのかさえわからなくなった。アイデンティティに入ったヒビは大学生活そのものにまで支障をきたし、勉強に身が入らず、人間関係もうまくいかない上に、食事もろくに食べられないほどにまでなった。

このままではまずいと思った僕の脳裏に、テツ子おばさんのあの言葉がまたも思い起こされる。

「思ったことと逆のことをしなさい」

僕はなくなく彼女に助言を求めた。そして彼女のアイデアやヒントを取り入れ、稽古にも見学に来てもらい、ときに演出してもらうなどした。そうやってでき上がったものはこれまでで一番評判がよく、俳優や制作スタッフは見たことない表情で喜んでいた。

これで調子を取り戻したと勘違いした僕は、次こそひとりで成し遂げてみせると意気込み、そしてでき上がった最新作は西倉の言う通りこぢんまりとした、自分でもわかるほど中途半端なものだった。

西倉は僕に対してこうも言った。テツ子おばさんという大きな貝の内側で、ハサミを振り回すピンノだと。

僕はあの貝から出たかった。出ようと試みた。

テツ子おばさんは僕が離れたときも、引き止めたりはしなかった。貝の口も開いた。ピンノも出ようとしていた。なのに出れていないのは、じゃあいったい誰のせいだ？

――あぁ、わかった。僕の身体が小さいからだ。小さすぎて、貝の外の激しい海流に負けているのだ。だから僕はまだ、貝の内にいる。

そう気づいて、結局自分の不甲斐なさが原因と知る。自分が魅了された舞台の奥行きに届く日は、いつかやってくるのだろうか。

＊

主人ができ上がったふたつのオムライスをテーブルに置く。お皿に盛りつけられたオムライスの卵は半熟で、くたびれたみたいにとろりとしていた。頂上からは大胆にデミグラスソースがかけられていて、どことなく火山を思わせた。あやさんは「すごーい」と言って、スマホで写真を撮っている。

オムライスを掬って口に入れると、「好きな味?」とあやさんが聞く。偶然だろうけど、テツ子おばさんも僕がオムライスを食べたら必ずそうやって聞いた。

「うん、おいしい」

窓の外に目をやると、いつのまにか空は灰色がかっていた。

「彰人くんって、イルカのどういうところが好きなの?」

唐突な質問にスプーンを持つ手が止まる。「食べながら考えて」とあやさんに言われ、オムライスを口に運び、「イルカっていうか、クジラ目が好きです」と答える。

「クジラ目は、進化の過程で一度陸に上がって、また海に戻ったんです」

「だから?」

「それってすごくないですか。一回出たところに戻るなんて、覚悟がないとできない。しかも魚類とは違った性質を身につけて」

咄嗟に口を突いた言葉だが、意外に核心を突いている。陸どころか貝の外にさえ出れていないピンノな僕からすれば、体躯を伴ったその行動力に憧れてしまうのも無理はない。

「すごいね、クジラ目」

食べ終わる頃、あやさんが端っこにグリンピースをよけていることに気づき「嫌いなんですか?」と尋ねた。すると彼女は「ばれちゃったか」とうさぎのぬいぐるみの方を向いて舌を出した。

「ねぇ、彰人くん」

あやさんは口元を紙ナプキンで拭きながら「かけるくん、今日買ったんでしょ」と言った。僕がなにも言えないでいると「新品のにおいがするし、全然汚れてないんだもん」と話を続けた。

「すみません」

僕は目を逸らし、中途半端に残ったデミグラスソースをスプーンで寄せる。

「ううん、いいの。わたしはみちるとかけるくんが仲良く話してるの見れて、うれしかった」

そのときになって、みちるの胸元に僕があげたシマアジのピンバッジがついているのに気づいた。

「もしよかったら、聞かせてもらえませんか。みちるとかけるがどんな話をしていたか」

あやさんはおもむろによけられたグリンピースをすくい取り、口に放り込んだ。「なんで？」と僕が言うと、彼女は目をぎゅっと閉じて「もしかしたら好きになってるかもと思ったけど、やっぱり苦手」と肩を上げた。

それからあやさんが話したみちるたちの会話は、到底僕には考えつかないもので、まるで知らない国の絵本を読んでいる気分だった。

かけるは少し自虐的で、だけど肝心なところは楽観視するらしい。それは僕のイメージかと聞くと、「違うよ、かけるくんの話だもん。わたしとみちるだって似てないし。だけど、もしかしたら、ちょっとね」と笑った。

店を出ると日は沈み、空はうっすらと青みがかっていた。見上げたあやさんは「わたしはまだ海に戻れないな」と呟いた。

「陸上に満足してからじゃないと、海に戻れない」

満足という言葉が宙に浮かんで、身体にまとわりつく。

「あの」

遠くでは円くなりきっていない月がぼんやりと光っていた。

「僕と一緒に脚本書いてもらえませんか？」

そのとき、どこからかカラカラと音がした。見ると、バス停で一緒だったお母さんがベビーカーを押しながらこちらの方へ歩いてきた。

「どうも」

近づいたところで、僕はそう声をかけた。

「さっきはごめんなさいね。また迷惑をかけちゃうかもしれないから、行きますね」

「あの」

赤ちゃんの胸元にかけるをぽんと置く。

「これあげます」

「え、でも」

「いいんです。名前はかけるって言います」

赤ちゃんはきゃっきゃっと声を上げながら、かけるを抱きしめている。

「大事にしてな」

僕が頭に手をのせると、赤ちゃんは一瞬無表情になって、ゆっくりとまばたきをする。お母さんは「ありがとうございます」と何度も頭を下げたあと、夜から逃げるように先を急いだ。僕らは去っていく親子が見えなくなるまで手を振った。

「どうしてわかったの」

あやさんの質問の意図がわからず首を傾げると、「かけるくん、あの子のところに行きたがってたんだよ」と続けた。

「かけるくんの超音波、彰人くんに届いたんだね」

僕はどういう表情をしていいかわからないまま、「さっきの件、考えておいてください」と話題を戻した。

「やる」

あまりの早さに僕が面食らっていると、「かけるくんからもお願いされたし」とあやさんは言った。

正直なところ、僕はあやさんがぬいぐるみと話せるなんて信じていない。現実的に考えてそんなことありえないし、きっと都合のいい妄想が脳内で繰り広げられているだけだ。今日一日過ごして、病院に行った方がいいんじゃないかと思う瞬間さえあった。けれどかけるを手放す理由を、あやさんが脚本を手伝う理由を、そして彼女と会う理由をぬいぐるみたちが作ってくれたのだから、たとえ彼らの声が聞こえなくても僕は「ありがとう」と言いたくなる。

遠くからキュゥという音が聞こえた。僕の超音波もどうやら届いたみたいだ。

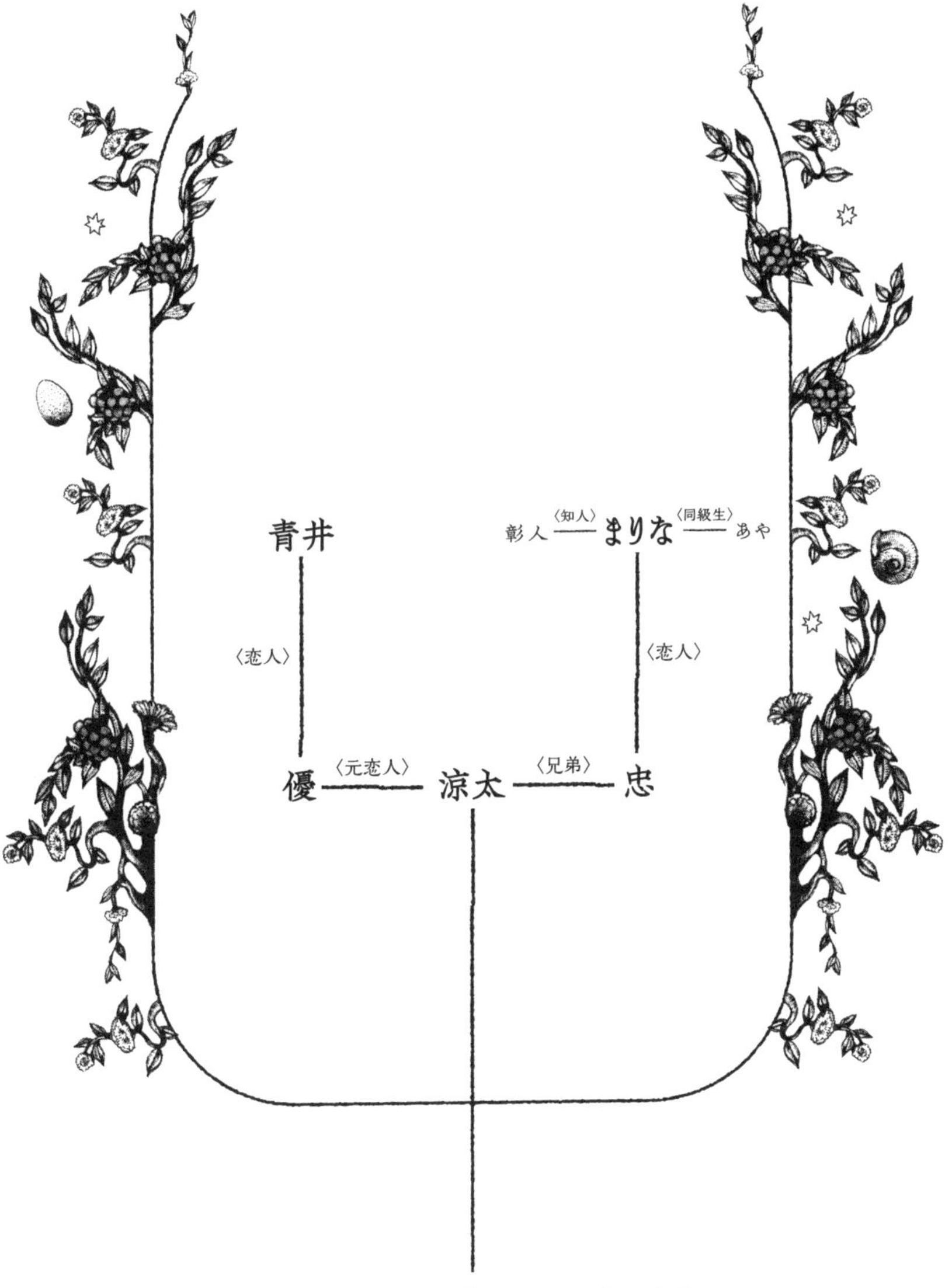

2　断れない案件

涼太

慌ててネットで探したレストランだけど、ここは当たりだった。店内の雰囲気やフレンチの割に手頃な価格、料理の味も申し分なく、ポーションひとつひとつがあまり大きくない。照明が明るすぎないのも女性にすればうれしいだろうし、俺からしてもかわいく見えるからグッド。

あとBGMがちょうどいい。気取ったジャズやボサノバでもなければクラブミュージックほど騒がしくない、絶妙なインストが流れている。静かすぎてもうるさすぎても会話は進まない。この店は合格だ。また使わせてもらう。

しかしこういう便利な店を紹介してしまうと、彼女たち自身も気に入ってまた来てしまうのがネックだ。そんなときに限って俺は別の女の子と来たりしてて、優のときみたいに鉢合わせしてしまうんだ。あの気まずさは言葉にできない。良すぎる店を選んでもよくないなんて、八方塞がりじゃんね。

「ごちそうさまでした。すっごくおいしかったです」

店を出るなり愛里《あいり》ちゃんがお辞儀をした。礼儀がなってる。そしてかわいい。

「気に入ってもらえてよかった」

「急なお誘いだったから、こんな素敵なお店に連れてきてもらえるなんて思っていませんでした。さすがですね、涼太《りょうた》さん」

「愛里ちゃんのために選んだからね」

「涼太さんはわたしのこと、なんでもわかるんですね」

「全部お見通し」

和やかな会話から一転、愛里ちゃんは真顔になってこっちを見つめる。ちょっとまずい状況だ。ちらっと兄貴を見ると、呆れた感じで俺から目を離す。助けてくれよ。そのために呼んでるんだから。

愛里ちゃんは俺の視線に気づいたのか、兄貴に近づいて「忠《ただし》さん、今日はおふたりの時間におじゃまさせてもらってすみませんでした。でも、とても楽しかったです。ありがとうございました」と挨拶をした。

「いえ。私にとっても豊かな時間でした」

兄貴はお得意のよそゆき顔を向ける。教壇にも、きっとこんな表情で立っているんだろう。

空車のタクシーが視界に入り、俺はポケットのなかで親指を立てる。どうにかして駅で別れるつもりだったが、ここはプランB。

タクシーを止めて彼女を後部座席に促す。財布から一万円札を取り出し、タクシー運転手に

「これでお願いします」と渡すと、愛里ちゃんは「えっ?」と小さく声を漏らした。

「ごめん、俺まだ、このあと兄貴と話さなきゃいけないことあってさ。また連絡するよ」

「そうなんですか」

「おつり余ったら使っていいから」

「いえ、ちゃんとお返しします」

あまりに寂しそうな表情をするから少し心苦しい。けれどこうでもしないと、愛里ちゃんがめんどくさい存在になるのもわかりきっている。

タクシーが見えなくなるまで見届けると、俺は兄貴の肩に腕を回し「今回も助かったわ。サンキュー」と言った。いつもならここで兄貴からの、「もう何回目だよ。こんなことでいちいち俺を呼び出すの、もういい加減やめてくれ。そもそも離れようとしている女の子に家族紹介したらむしろこの先あるって思われて逆効果だろ」というテンプレのフレーズを聞くはずだが、なぜか今日はそれがなかった。

仕事で疲れてるのかもしれないな。思い返せばレストランでも歯切れが悪かった。でも俺としてはこれくらいが楽でいい。毎回浴びせられるご高説は堅苦しくてめんどくさい。

とはいえ、黙られてはこっちもばつが悪い。

「兄貴はどう思う? 二十六歳、歯科助手の愛里ちゃん」

質問形式で話しかけ、彼の言葉を引き出す。

「さぁな。いい子なんじゃないか」

兄貴はぶっきらぼうに答えた。

「おっぱい大きいしねー」

ふざけても兄貴の顔は変わらなかった。メガネの奥のまなざしは温かくも冷たくもなかった。

兄貴が静かに先を歩くので、俺はなにも言わず後ろをついていく。

薄暗い路地に夕立でできた水たまりがいくつも並び、ふたりの影が映っては消えていく。ふと壁からはみ出るように生えた青いアジサイが目に入る。俺は近づいて、水風船で遊ぶみたいにその丸みのある花を叩いた。

「まだ五月なのにきれいに咲いてるねー」

「五月なんだから咲いててもおかしくないだろ」

兄貴が振り返ってしたり口調で言う。この話し方は女性から嫌われるだろう。同性からだって間違いなく好かれない。けれど俺はずっとこの兄貴を見て育ってきたせいか、不思議と落ち着きを感じてしまう。

「兄貴はどうなの？　いい人いないの？」

「こんなとこで無駄話している暇はない。帰って明日の準備をしなくちゃいけないんだ」

「それなのに俺の誘いに付き合ってくれるなんて、なんて優しい兄なのだろうか。お礼にかわいい女の子でも紹介しましょうか？」

再び歩き出そうとする兄貴の腕を咄嗟に摑み、「あとちょっとだからさ、もう少しアジサイ見ようよ。ほら、あっちも咲いてるよ。しかも色が違うよ、紫だよ」と別のアジサイの方に引っ張っていく。

たった今、俺はアジサイが好きだと自認した。三十二歳にしてこんな新発見があるとは思わなかった。まだ知らない自分がいるって超いいね。それに好きなものが増えるってのも幸せだよね。

「土のｐＨが違うんだよ」

「ペーハーってなんだっけ」

「酸性度。アジサイの色は土壌の酸性度によって変わるんだ。酸性なら青く、アルカリ性なら赤くなるって言われてる」

「へー、俺たちみたいじゃん」

俺たちみたい、って言ったすぐあとに、本当にそうなのかわからなくなった。俺たちの性格が青と赤のように、酸性とアルカリ性のように対照的だということを思っただけかもしれない。

「その通りだな」

兄貴は昔から真面目だし几帳面だし義理堅い。それに無欲だ。一方で俺はというと、ちゃらんぽらんだし、ザツいし、割と人のことを裏切るし、それでいて欲しがり。どんなものでも欲しい。その欲が兄貴の十倍稼ぐアパレル会社の取締役にしてくれた。

「優《ゆう》ちゃんだっけ。あの子はどうしたんだ」

兄貴がいきなりその名前を出すので動揺したが、「別れたよ」と努めて普通な感じで返す。

「あの子は俺に会わせなかったな」

「そうだっけ」

「なんでだ」

「さぁ、たまたまじゃん?」

俺はアジサイの花を枝から千切った。兄貴は咎めたけれど、どうしてもそれが欲しくなった。手のひらで咲くアジサイはとても軽くて、目を閉じたら持っていることがわからなくなるくらいだった。

兄貴にタクシーで送ってもらい、降りる前に金を渡す。

「俺はお前の女じゃない」

「付き合ってもらったお礼だよ」

けれど兄貴は受け取らなかった。しかたなく一万円札を財布に戻していると、「お前、寂しくないのか?」と背中越しに聞こえる。振り返ったときには、すでに車は動き出していた。

マンションのエントランスにあるソファに、美彩《みさ》ちゃんが座って眠っていた。手にはコンビニの袋がある。なかにはお酒や食べ物が入っていた。起こさないでおこうかと思ったけど、早く部屋に行きたいから肩を叩いた。美彩ちゃんは瞼を重たそうに開いて「涼太くん」と微笑んだ。無理して起きようとするから、首の形が不自然で、それがまた愛らしい。

「ごめん、遅くなっちゃった」

「ううん、平気だよ。それ、わたしに？」

美彩ちゃんが俺のアジサイを指差すから、「かわいいっしょ？」と笑いかけた。部屋に上がった美彩ちゃんは、食器棚から適当にグラスを取ってアジサイを生けた。しかしグラスに挿されたアジサイは、道端にあったときよりもどことなく凡庸だった。

それから俺は美彩ちゃんを抱いた。美彩ちゃんを抱くのはこれで三度目だった。彼女が優の友達だなんて忘れてしまうくらい、僕らふたりの関係は直接的になっていて、まるで優なんて初めからいなかったみたいに自然に抱き合った。そんなふうに不義理で器用な美彩ちゃんは、俺にとってちょうどよかった。

「ねぇ、涼太くん、どこが気持ちいい？」

それに、すごく楽だ。

「好き」

美彩ちゃんは少しおしゃべりだけれど、俺の欲しい言葉しか言わない。神様がこんなんだったらいいのにって本気で思う。みんなに対して都合のいいことしか言わない神様だ。もしそんな神様だったら、それぞれに矛盾が生じて軋轢が起きてやっぱり戦争になる、とも思うけど、でも自分にとって都合のいい神様がいてくれれば、きっと他人のことなんてどうでもよくなるはずだ。

「涼太さんっ」

美彩ちゃんの温かい吐息が耳にかかる。その瞬間、俺もいく。終わると美彩ちゃんは俺の胸にうずくまって深呼吸をした。吐くたびに胸が熱くなる。

美彩ちゃんの頭を撫でながら、ばれないようにスマホを手にして画面を明るくする。時刻はAM１：14。LINEが一件。

吐息が寝息に変わったので、俺はあらゆるSNSを開いていく。毎日似たようなものがアップされているのに、すっかり癖になっている。

(富士田《ふじた》優さんの誕生日です)

今日は優の誕生日か。出会ってから初めての誕生日だ。結局一度も祝えなかった。そう思うと優と会っていた頃が遥か昔のことみたいに思える。

優は誕生日になった瞬間を誰かに祝ってもらえたのだろうか。美彩ちゃんがここにいるってことは友達とはカウントダウンパーティーはしていないのかもしれない。もしくは別のグループでやったとか？　新しい男といるのかもしれない。どうだっていい。

「アジサイってさ」

寝たと思っていた美彩ちゃんが小さくそう呟いた。

「花がたくさんあって、賑やかでいいよね。寂しくない感じがする」

「なんだよ急に」

美彩ちゃんはそう言ってまた静かになった。

明日もあるし、早く寝たい。だけど心臓がばくばくする。

「お前、寂しくないのか？」という兄貴の声と「寂しくない感じがする」という美彩ちゃんの声が交互にリフレインする。

　俺は別に寂しくない。寂しいと思ったことなんて一度もない。むしろ寂しいのは兄貴の方だ。俺がアジサイを好きなのは、自分が寂しくて、アジサイが寂しくないからじゃない。むしろアジサイに似てるっつーの、俺。力強くて、派手で、騒がしい感じもぴったりだ。そんなことを考えていると誰かに言い訳しているみたいに思えてきて、気分が悪い。

　ベッドから下りて、冷蔵庫を開ける。美彩ちゃんが買ってきてくれたもののなかから、白ぶどう味の缶チューハイとプリンを取り出す。どっちも新しく出た商品で美彩ちゃんのおすすめだという。缶チューハイに口をつけながらダイニングの椅子に座り、アジサイを眺める。花が密集しているみたいなアジサイを眺めていると、さっきまでかわいく思えたはずが、無性にうっとうしく思えてくる。

　アジサイをグラスから抜いて、花びらをひとつひとつむしって、テーブルに並べていく。

「違う。それは花びらじゃなくてガクだ。本当の花は真んなかのここを指す」という兄貴の御託が聞こえる。ばらばらになったアジサイは無秩序で、美しくなかった。元に戻そうと思って、ぎゅっとまとめる。手を離すと、またばらばらになる。

　花のなくなった、枝だけのアジサイをグラスに戻す。これは果たしてアジサイなのだろうか。アジサイを、アジサイたらしめるものはいったいなんだ。

　花のないアジサイの写真をスマホで撮り、兄貴に送る。そしてプリンの蓋をはがしてスプーンで掬う。感触からその濃厚さを感じる。食べると卵の香りが鼻へ抜け、甘さが口に広がる。

すごくうまい。ただ、気分じゃない。缶チューハイもだ。最近のコンビニ商品は質が高すぎる。俺が欲しいのは、なんかもっと、大味で雑味のある、そんなもの――。

そういえばLINEが一件来てた。

なんとなく優だと思った。だけど、開くとそれは愛里ちゃんからで（今日はありがとうございました。タクシー代までありがとうございます。おつり、やっぱりお返ししたいので、近々また会ってもらえませんか）とあった。

それから兄貴のLINEを待った。既読にはなってるけど、返事がなかった。だから俺はいやがらせにかわいい女の子のSNSをいくつもスクショして、それをまた送りつけた。送るたびに既読になるけど、他に反応はなかった。

俺は電話をかける。しかし兄貴は出ない。

口に含んだ缶チューハイの炭酸が、パチパチと弾ける。途端に白ぶどうの味を感じた。優しいようで優しくない、そんな味だった。

無視すんなよ。

口に残る白ぶどうの味がじゃまくさい。だから俺は散らばったアジサイを食べてみた。まずかった。苦かった。やけに酸味が広がって、兄貴がしたpHの話を思い出す。それでも俺は吐き出さずにそれを飲み込んだ。まずいものを吐き出さずに飲み込めた達成感で、騒がしかった脳内が少しずつ収まっていく。

それどころか、意識はゆっくりと混濁していき、味わったことのない感覚がやってくる。

兄貴がまた「お前、寂しくないのか？」と俺に話しかける。

「寂しくねぇからＬＩＮＥ返せ。電話出ろ」

言い返すと兄貴は黙る。

沈黙は卑怯だ。いつもみたいに理屈っぽい正論振りかざせよ。

薄れていく意識のなかで「ちょっと助けにきて」とＬＩＮＥしてみるけれど、手が震えてうまくスマホに打ち込めない。

手だけじゃなくて身体も言うことを聞かなくなって、まるで金縛りみたいになる。怖い。けどちょっと面白い。そう思おうとしてみる。

呼吸がうまくできなくなって、そのままテーブルに突っ伏す。そして胃にあった全てのものを吐き出した。自分から溢れ出たものは、プリンの黄色味とアジサイの青味が混じっていて、不思議な色をしていた。

くそっ、せっかく飲み込めたのに、出しちゃったじゃん。

忠

「おかえり」

本来なかったはずの声も、いつしか違和感がなくなった。その危うさを理解していながらも、西倉独特の居心地から逃れることができず、終わらせるべき関係をたらたらと先延ばししている自分に呆れる。

涼太も同じだ。「女性とデートすることになったけれどふたりで会う気はないから付き合ってほしい。もともと俺と会う予定だったことにしてそこに合流させるという設定でいくからよろしく」。いつものようにそう言ってあいつは電話を切った。もううんざりだった。今日で終わりにしよう。今後は距離を置くと涼太に宣言する。そのはずだったのに、言えなかった。なんとか絞り出したのは、「お前、寂しくないのか?」それだけだった。

用意していた言葉ではなかった。突発的に生まれた涼太に一矢報いたいという攻撃的な思いが、ねじれにねじれて変換されたものだった。しかし咄嗟に出た言葉こそ、芯を捉えていたりはしないか——。

とはいえ涼太のことだ。こちらの意図を汲むこともなく、気にも留めていないのだろう。あいつのそういう図々しさに、俺は時々憧れている。

西倉と涼太というふたつの悩みの種を、すぐに取り除くべきだった。手間取っているうちにふたりは根を張り巡らせ、絡みつき、俺はずっと養分を吸い上げられている。

「このところ来すぎじゃないか」

ダイニングテーブルで大学の課題をこなしている彼女に対し、突き放すようにそう言ってみる。

「大丈夫。ママはなにも言ってこないし」

しかし彼女はいつもの言葉で、さらりとかわす。汗ばんだジャケットを脱いでいると、

「え、なに、来られるのやだ?」と西倉は続けて言った。

こういう質問のアプローチは気に食わない。「いやではない」という返答を期待しつつ、相手を試すような物言いだ。いっそ「いやだ」と言ってみようとも思うが、踏ん切りがつかず、俺は彼女を一瞥してから情けなく目を逸らす。

「ゼミでもそうやって目逸らすよね」

「ばれないようにしているだけだ」

「でも逆に怪しいよ」

「シャワー浴びてくる」

脱衣所で裸になり、バスルームの扉を開ける。すでに湯が張られていて、浴室内は濡れている。シャンプー台には見たことのない化粧品が並んでいて、まるで自分の家ではないみたいだった。なのに、この家はずっとこうだったとも思える。一ヶ月前まで、こんな感覚になるなんて想像もしていなかった。少し前に彼女が入っただろう湯に浸かると、彼女と同化したような気分になる。わずかな罪悪感と背徳感が交互に往来し、それらを振り払うように俺は強い力で髪を洗った。

Tシャツ、スウェットに着替えて戻ると、西倉はビールを飲みながらテレビを見ていた。画面のなかで男性司会者は女性ゲスト陣に毒舌を振りまき、彼女たちもそれに対して当てこすりを言い返す。

「ねぇ、思ったんだけど、男兄弟ふたりでご飯食べに行くのって普通なの？　わたしひとりっ子だからそういうのわからないんだけど、珍しくない？」

俺と西倉は恋人と呼ぶにはふさわしくない関係で、女性がいたからって気後れするような間柄ではない。それでも愛里さんの存在を隠したのは、面倒や厄介を避けるためだった。しかしその面倒や厄介もいったいなんなのか、よくわからなくなってしまった。他の女と会ったことで逆上されても、別に困らない。正直に話せば、願っていたこの関係の終わりも来たかもしれない。なのにそうはしなかった。

「仲いいんだよ」と彼女の質問を流す。仲がいい？　本当に？

確かに頻繁に会っている。喧嘩もほとんどしたことがない。ただ、「仲がいい」という言葉が持つ楽観性は、自分たちには当てはまらない。全てを明け透けに話しているわけでもないし、現に俺は、西倉の存在を涼太には隠している。

「家族なんだから」

俺はそうつけ加えた。

「社会学の先生がそんな原理主義的な断言していいの？」

西倉はテレビに目を戻し、「じゃあさ、ご飯食べに行ったりしない家族とかって、家族じゃないわけ？」と続ける。

「そういうわけじゃないけど」

「つまり忠さんは弟さんのことが好きなんでしょ」

ぐるぐると巡る思考を西倉はこんなふうに鋭く裂いてしまう。「好き」というあまりに短絡的な単語で。

幼い頃からあいつは周りの人に愛されていた。それは涼太の整った顔立ちだけが理由ではなく、なんでもひとりでやってしまう自分と違って、できないからこそ周りの人が手を差し伸べてしまうような、放っておけない人間性に由来した。そして俺もそのひとりだった。

涼太は困ると俺を頼った。昔は誰かと揉めたときが多かったが、最近は女性と距離をとりたい場面が増えた。きっと誰かを失うのが怖くて、だから絶対的な血縁者の俺にいてほしいのだろう。俺が涼太を助けにいくと、あいつはいつも安心しきった顔でこっちを見た。俺は手を差し伸べずにはいられなかった。どれだけ手間でも、助けてやりたいと思ってしまう。

俺は西倉の隣に座り、彼女の脚を見た。火傷の痕はまだ痛々しくはあるものの、茶色がかった色味はずいぶんと薄くなっていた。

「もう痛くないのか？」

「とっくに痛くないけど、なかなか消えないね」

「須藤あやの方は？　元気？」

「うん、最近は落ち着いてる。相変わらずぬいぐるみと喋ってるけどね」

火傷した部分に触れようとすると、ふいに西倉にキスされた。

「やめなさい」

そう咎めても、彼女はいたずらに舌を出してまたキスをした。

教員が学生とこうした関係になることはまずい。それに俺はそういう軽率な行動をする人間を軽蔑してきた。しかしいざ自分がその立場になるとどう抵抗していいかわからない。

西倉の表情が徐々に不安げなものへと変化していく。縋りつくような顔だった。俺の身体は固まってしまって、もうどうにもならなかった。

春休みのあの日、本来であれば資料の整理がなかなか終わらないだけの、平凡な夜になるはずだった。しかしふたりの女学生がボヤを起こして逃げていく一部始終を、この火傷ができた瞬間も含めて、教員室の窓から見てしまった。

そのときは何事もなかったかのように仕事を続けた。まだ平凡な夜で終えられることを期待していた。しかしすでに異変は起きていた。女学生ふたりが——ひとりはぬいぐるみのようなものを抱えていた——手を繋いで走っていく残像が、頭にこびりついて離れなかった。

作業を終えて車で帰宅する途中、たまたまそのうちのひとりに出くわした。前から歩いてくる彼女は、教員室の窓から見えたハツラツとした印象とは異なり、とてもくたびれているようだった。

見て見ぬふりしてもよかった。しかし俺は車を停めて降り、「君」と肩を叩いていた。振り向いた西倉の顔には煤や汚れが点在していた。

「私は景澤《かげさわ》女子大学の教員で、柏原忠《かしわばらただし》という者だ。先ほど君が逃げていくのを見た。怖がらなくていい。非難するつもりも大学に告げ口する気もない。ただ君の様子が心配で、声をかけた。もしよければ家まで送っていく」

訝しがる彼女に教員カードを見せる。すると彼女は頷き、車に乗った。

なにがあったのか知りたくて色々尋ねたが、彼女は「西倉まりな」という名前以外話さなかった。住所さえ教えてくれず送り先に困り、ひとまず自宅へ連れて帰った。少し休めば口を開くだろうと思った。しかし彼女は家に来たあとも話さず、差し出した紅茶にも手をつけなかった。かと思えば一時間ほどでいきなり席を立ち、引き止める言葉にも反応しないまま家から出ていった。

この先西倉まりなと話すことはないだろう。学校ですれ違ってもこちらから声をかけることはあるまい。あの態度から、彼女の方も同じだと思っていた。

しかし予想に反して、新たに募集したゼミ生のなかに西倉の名前があった。驚いたのはそれだけでない。数日後、帰宅すると西倉が玄関の前に立っていた。

「先生、大学に告げ口しましたか?」

彼女は疑っているようだったが、「してない。大学どころか誰にも話していないよ」と正直に答えた。すると彼女は睨むようにこちらを見つめ、こう続けた。

「ゼミ生の選考、わたしを落としたら柏原先生に無理やり家に連れていかれたと大学に言います」

自分の善意がこんなかたちで返ってくるとは思いもしなかった。彼女がそのように話せば、誰も狂言だと信じない。俺の立場は間違いなく、なくなる。抗う術はなく、俺は西倉をゼミ生に選んだ。

困ったことに、彼女は放課後になると毎日のようにうちを訪ねるようになった。追い返そうとしても「大学に言いますよ」とまた脅すので部屋へ入れるしかなく、気づけばこのような関係になっていた。

彼女がTシャツの下に手を滑り込ませ、俺の胸を撫でる。初めてこうなったとき俺は何度も拒んだ。離れようとした。お互いに立場がある、そもそもそんな気もない。なのに最後に拒むのを諦めたのは、俺の存在にどこか安心している西倉の表情を見たからだ。またた、と思った。この表情が俺は苦手だ。そして諦めるように西倉を受け入れた。

涼太を助けるとき、どこか優越感があった。みんなから愛される涼太が俺を求める。こいつは俺がいなくちゃ困る。それが自尊心に繋がり、俺を満たした。

しかし涼太と会ったあとは、虚しさも押し寄せた。先ほどまで積み上がっていた自尊心は、途端に死んだ珊瑚のようになった。すかすかで脆く、砕けば粉々になりそうなほど頼りない。どうしてそうなるのか、理由はわからなかった。

西倉と会って、そうした優越感や自尊心はただの思い込みによるものだったのだと知った。相手が求めるからしかたなく助けてやった。付き合ってやった。そう思っているのは自分だけで、相手はこちらに優越感を与える気など毛頭なく、言ってしまえば別の誰かでもいいのだ。彼らからすれば、俺はただ都合がいいだけだ。なのにそれで充足している自分が虚しい。加えて、また求めてほしいと期待している。その結果、こうした不測の事態を招いている。

不遜で、無責任で、だらしない自分から逃れられない。だけどもう、弱い自分にもほとほと疲れてしまった。

「やめろ」

西倉を突き放すと、彼女が寂しげな目を作る。そのときスマホが鳴った。

逃げるようにしてダイニングテーブルに置かれたスマホを取り、ＬＩＮＥを確認する。

「誰から？」

涼太から送られてきた写真がなにかすぐにはわからなかった。

「なに？　この写真」

西倉がスマホを覗き込んでそう言う。

隣で西倉が「ねぇ、この写真なんなの？」としつこいので、「アジサイの茎だろ」とだけ答えた。

そのあとも涼太からふざけたＬＩＮＥが送られ続けた。最後に届いたのは、支離滅裂で少しも意味を読み解くことのできないメッセージだった。

それでもあいつに返事をしなかった。俺はもう、あいつを永遠に無視できる気がした。

西倉にキスをし、抱いた。

終わってベッドから天井を眺め、明日のことを思う。

「ねぇ、さっきのアジサイの花どこいっちゃったんだと思う？」

西倉が胸のなかでそう言った。

「さぁな」

「まさか食べたりして」

「アジサイには毒性があるから食べちゃだめだ」

明日は多分、少しだけ、今日とはなにかが変わった朝のはずだ。その変わってしまった部分を期待する自分に俺はどこか失望し、いっそ二度と目が覚めなければとすら思うと同時に、涼太の残像がまた、「兄貴」と呼ぶ。

とびらはどちらから開く

優

病室のドアを開けると、ベッドの横にいた男性が立ち上がり、頭を下げた。目元がほんの少しだけ涼太に似ている。

「富士田優さん、ですよね?」

確認する声は、彼よりも低い。

「はい」

「涼太の兄の柏原忠です。今日は足を運んでいただき、本当にありがとうございます」

名乗る彼の隣で、若い女の子が小さく会釈する。病室にいる女性は彼女だけだった。美彩を含め、たくさんの女の子に囲まれている――そんな光景も想像していたので少し安心したけれど、年の離れた女の子と遊んでいることには呆れた。

「彼女は私のゼミに参加している学生の西倉まりなです」

先走って勘違いしたことに、ごめん涼太、と心のなかで謝る。

「彼女に弟の話をしたら、お見舞いをしたいと。時間をずらそうと思ったのですが、私の予定がここしか合わず、申し訳ありません」

何度も深々と頭を下げる忠さんとは対照的に、彼女は小さく顎を引く。

「私はかまいませんので、お気になさらず」

「ありがとうございます。そちらは弁護士の青井《あおい》さんですか？」

忠さんが私の後ろを覗くように首を傾ける。事前に伝えていたからだけれど、青井さんはなぜ自分のことを知っているのか驚いた様子だった。

「青井義満《よしみつ》さんです」

青井さんが強張った顔つきで「よろしくお願いします」とそれぞれに名刺を配る。受け取ったまりなが「富士田さんとはどういう関係なんですか？」と尋ねるので、青井さんはさらに顔を強張らせ、「優さんとは結婚を前提にお付き合いさせていただいております」と答えた。

「へー、そうなんですか。だとしたらこの状況、ちょっと気まずいと思うんですけど、どうです？」

不遠慮な物言いにさすがに注意すべきだと思ったけれど、青井さんはうっすらと微笑んで「概要はちゃんと優さんから伺っていますから、特に思うことは」と対応した。

「でも涼太さんが事故ったときって、富士田優さんの誕生日だったんですよね？」

忠さんが「いい加減にしなさい」とたしなめても、まりなは私と青井さんから視線を外そうとはしない。私は「偶然なこともあるものね」と適当に受け流す。

「今日はこの人の誕生日だしね」

病室はハイクラスの個室だけれど簡素で、見舞いの品も誕生日プレゼントも届いていなかった。いつも人に囲まれて生きていた彼だったが、最近はそうじゃなかったのだろうか。

そのときになって、まじまじと涼太の顔を見た。ベッドに横たわる彼の表情は、私の知る涼太の寝顔と変わらなかった。

涼太の事故を知ったのは私の誕生日から一週間後のことだった。彼の兄を名乗る男性からSNSでDMが届き、そこには突然連絡することについてのお詫びと、弟のスマホから私の連絡先を知ったとあった。続けて、彼が事故に遭った詳細が書かれていた。

五月二十四日深夜二時頃、涼太は自宅前の道路で一般車両と衝突、意識不明となった。運転手によると、彼はふらついた足取りで道路に飛び出したという。

自宅にはアジサイを食べて嘔吐した痕跡があった。アジサイに毒性が含まれることから自殺未遂も疑われたが、致死する確率は極めて低いこと、また事故当時に柏原涼太の自宅で寝ていた橘《たちばな》美彩《みさ》が、涼太にいつもと変わった様子はなかったと証言していることから、酩酊してアジサイを食べた結果、気分が悪くなったため病院へ向かおうとしたのではないかと結論づけられた。

そしてメッセージはこのように締めくくられた。

(差し出がましいお願いなのは重々承知なのですが、もしよかったらお見舞いに来てもらえませんか。富士田さんの声が、弟の回復に繋がる刺激になるかもしれません。可能性があるのならどんなことでもやってあげたいと思っています)

私はしばらくこのメッセージに返信しなかった。けれど彼が全く回復していないことを涼太のSNS——実際に投稿しているのは忠だ——で知り、また柏原涼太の誕生日目前に再び忠からメッセージが送られてきた。

(しつこくて申し訳ありませんが、どうかお願いできないでしょうか)

涼太を心配に思う気持ちはほとんどなかった。彼に対する嫌悪感は別れたときから変わってないどころか、むしろ日に日に増している。私がお見舞いに行く義理なんてない。

しかし一向に回復しない涼太に、私は苛立った。目を覚まさないのは私に対する当てつけなんじゃないか、彼は私を責めているんじゃないか——。

あの人にはそういうところがあった。自分の失敗の原因に周りを巻き込んだり、相手のせいにしたりする。別れたときも涼太が原因なのに、女性に一方的に振られた可哀想な男という態度で、私が悪いみたいな空気を作っていた。そんな彼の人間性に、私は付き合いきれなかった。

意識が戻らないことが私へのいやがらせだというのは、もちろん的外れな考えだ。しかし彼にずっと喧嘩を売られているような気がして、それを相手にしない自分の方が格好悪いみたいな感覚にもなってきて、あまりにすっきりしない。だから私は、だったら受けて立とうじゃないか、という挑発を受けたプロレスラーのような心持ちでお見舞いに行くことを考え始めた。

ただ引っかかるのは青井さんの存在だ。元彼のお見舞いに行くことを青井さんはどう思うだろう。彼はあまり感情が顔に出ないから、気持ちを推し量ることが難しい。

私は思い切って、全てを打ち明けた。「聞きたくないことかもしれないけれど、隠しておくのもいやだから」という入り口から語った話を、彼は一言も口を挟まず真剣に聞いてくれた。

話し終えても、彼はなにも言わなかった。不安になって、言わないと決めていたはずの言葉をつい口にする。

「義満さんが行ってほしくないと思うなら、私は行かない」

彼は「行っておいでよ」と言った。きっとそう言うと思った。いや、言わせるように仕向けた。私はずるい。こんな話も、こんな言い方も、全然したくなかった。これじゃまるで責任転嫁する涼太と変わらない。

全部あいつのせいだ。どうして別れてもなお、こんな思いをさせられなくちゃいけない。許せない。涼太に直接文句をぶちまけなきゃ、気が済まない。

「馬鹿みたいだね、こんなになっちゃって。はっきり言って、ざまぁみろ、って思ってるよ。わざわざ私の誕生日に事故ったりして。ふざけるのもいい加減にしてよ。どうせ大した意味もないんでしょ？　いつも大袈裟なんだよ。もうそういうの飽きたし、とっとと目覚ましてくれないかな」

バッグからコンビニの袋を取り出し、涼太の顔の横に置く。

「新しいコンビニのスイーツ、出たよ。誕生日プレゼントのつもりで買ってきたけど、起きないなら私が食べる。もったいないから。これ食べれないの残念だね。あー、可哀想な人」

私は涼太に話しかけながら、青井さんを思った。

こんなふうに強い当たり方をすれば、彼に未練がないことがきっと伝わるだろう。そんなことを。視界の隅に青井さんを入れる。彼はやっぱり無表情だった。

――私は誰に話しかけてるんだろう。

青井さんが咳き込んだ。止まらなそうなので「大丈夫？」と声をかけると、彼は手のひらをこっちに向け、苦しそうな声で「トイレ、行ってくる」と部屋の外を指差した。

そして青井さんが出ていく。咳き込む音はどんどん遠ざかっていった。

＊

青井さんと初めて会ったあの日、私は仕事が早く終わって待ち合わせの時間よりも三十分早く『はしもと』に着いた。そこは義兄の明《あきら》さんが予約した店で、私は初めてだった。慣れない店で知らない人を待つのは時間の流れが遅く、そわそわしながら青井さんを待っていた。

美彩からLINEが来たのは約束の時間まであと五分を切った頃だった。彼女は文章を細切れで送るタイプで、次々に短い言葉が画面に現れ、並んでいく。いつ彼が来てもおかしくないなかで私の頭は燃えるように熱くなり、トイレに駆け込んだ。

ふぅ、と息を吐いて鏡を見ると、そこにはいつもより丁寧にメイクをしている顔があった。どうして今わざわざ伝えてくるのかな。こっちも今からご飯なんだよ。私はあなたたちがどこで誰とご飯を食べるかなんて興味ないし、いちいち伝えなくていい——。

どうしても美彩と涼太が一緒に食事している姿を想像してしまう。美彩はいつもみたいに箸を短く持っていて、涼太は今日もデザートを注文する。ふたりの今を知らなければこんな想像はせずに済んだのに、彼女は本当に無神経だ。

再びLINEが届く。今度は青井さんからだった。堅苦しい文章で十五分ほど遅れるとあった。猶予ができたことにほっとし、(ゆっくりいらしてください)と返事をする。

涼太と会ったのは三宿のバーだった。美彩とふたりで飲んでいたらナンパされた。それから仲良くなって三ヶ月ほど関係していた。

付き合っていたのかはわからない。お互いいい大人だし、わざわざそういうことは口にしなかった。それでも私は彼が好きだったし、彼も私を求めてよく誘った。

涼太は私と違って甘いものが好きだった。お腹いっぱいと言いながらもデザートは必ず注文するし、いろんな種類があれば複数頼むこともよくあった。そんな彼をかわいいと思っていた自分を、今では他人のように思う。

ドアノブががちゃりと鳴り、それから、こんっこんっ、とノックがされた。「すみません、入ってます」とドア越しの人に伝える。

早く出なきゃ。そう思って水道の蛇口をひねる。本当は顔を洗ってしまいたいけれど、さすがにそういうわけにはいかない。汚れていないけれど、手を洗う。そしたら少しはすっきりすると思った。でも、心はなにも変わらなかった。

ハンカチで手を拭くと、美彩からまたＬＩＮＥが届く。

既読なのに無視しているから心配になったのだろう、（本当にごめんなさい）とそこにはあった。そして以前のＬＩＮＥも目に入る。

（ごめんなさい）

（実は今、涼太くんとふたりで）

（ご飯食べてるの）

メッセージが美彩の声で脳内再生される。

（優のことで）

（話があるって言われて）

なにをどう話すか目に浮かぶ。どうせ自分の都合のいいように語り、時々私をフォローして、まるで余裕のある男みたいに振る舞い、自分の株を上げるんだ。そして涼太は美彩を口説く。本当の目的はそこだ。あいつは私を利用しているだけなのだ。

（いいかなって）

美彩は「涼太のどこがいいの」とよく私に尋ねた。さっぱりしてるところ、優しいところ、流行に疎いところ、あと幸せそうな顔で甘いものを食べるところ、と私は答えた。そのたびに「涼太くんは優には合わないと思うな、優はちゃんとしてる人だから」と美彩は言った。

(黙っておこうと思ったんだけど)

(優を騙しているみたいで)

だったら黙ってればいいのに。騙されてるのは美彩でしょ。

でも彼女もまんざらじゃないのだ。だからあんなに私の愚痴を聞いても涼太とご飯に行く。

あのとき「涼太くん最低だね」って言った言葉は、応答装置みたいにただ放っただけだったんだろう。

(こんなこと言われても優は困るってわかってる)

わかってるならもっと事前に言えばいい。相談すればいい。高校のときからそう。私がどうしても欲しいピアスのために必死でバイトしたのを知っていながら、美彩は親にそれを買ってもらった。「優はいやがるってわかってたんだけど」。美彩はずっと、なんにもわかってない。私のことも、自分のことも。美彩が欲しいものは、あのピアスじゃなかった。私が欲しいものが欲しいだけだ。だけど私はそのことを言えなかった。悲しかったし、悔しかったけど、「いいよ」って言った。返ってきた言葉は「ありがとう、優ちゃん大好き」だった。

あのとき「いいよ」と言ってしまったから、彼女は変わらないのかもしれない。美彩は今もきっと、(本当にごめんなさい)に対して私が許すことを確信している。

（もう別れてるし、気にしないで）

私は結局そう返してしまう。

（ありがとう）

美彩も涼太も好きにすればいい。

ドアの向こうから足音がする。トイレを待っている人が急かすようにわざとらしく靴を鳴らしている。ちょっと待って、もう少しだけ。

ドアの向こうの足音がやんだかと思うと、今度は咳払いが聞こえた。芝居心のない咳だった。

欲しかったピアスは結局買わなかった。美彩がつけてるのを見て、一生懸命バイトしている自分が馬鹿らしくなった。それにあのピアスは、私より美彩の方が似合っていた。

再びノックが響く。「早く出てこい」と言わんばかりの音。みんな、なんて自分勝手なんだ。

ドアを開けると、そこにいたのは四十半ばの男性だった。彼は私に肩をぶつけ、トイレへと駆け込む。そのとき、頭のなかの一部が溢れた。

「――あの」

彼が青ざめた顔で振り返る。

「私そんなに長かったですかね」

私は思わず強い口調でそう言った。

「え、あ、えっと」

そして男は目を泳がせながら「すみません」と謝る。その顔は、まるでくしゃくしゃに丸められたティッシュペーパーのようだった。

私は逃げるようにその場を離れる。彼とは同じ店内で過ごすのに、私はどうしてあんなことを言ってしまったのだろう。

そう思う一方、あの男の表情が頭から離れない。あれは、やろうと思ってもなかなかできる顔じゃない。間抜けとも奇妙とも違う、おかしいとしか言いようのない顔だった。

席に戻ると、少し猫背のメガネを掛けた男性が立っていた。

「青井さんですか?」

「はい。遅くなって申し訳ありません。青井義満と申します。富士田優さん、でよろしいですか」

文面から想像した通りの、真面目な口調だった。

「ごめんなさい、トイレに行ってて」

「いえ、遅れたのは僕の方ですから」

席に座るなり、後ろを先ほどの男性が通っていく。気づかないふりをして、焦点を青井さんにのみ合わせると、彼は私にまっすぐ見つめられて困ったのか、視線をテーブルに落とした。

「青井さんはこのお店、来たことありますか?」

私が尋ねると、彼は「はい。明さんに誘われて一度だけ」と答えた。

「仲がいいんですね」

「仲がいいと私が言っていいのか……あくまで明さんは上司ですので」

青井さんは明さんと同じ弁護士事務所で働いている。明さんは彼の堅苦しい性格に以前からやきもきしており、女性と仲良くなればもう少し垢抜けるのでは、と青井さんに私を打診した。女性と仲良くなれば——という発想もかなり問題だが、断りもなく私を勧めるのもどうかしてる。しかし明さんのそうした強引さがなんだかんだ功を奏してきたのも事実で、彼は何組ものカップルをマッチングさせてきたそうだ。

明さんからこの話を聞いたとき、私にその気はなかった。涼太のせいで、男性にはほとほと愛想が尽きていた。しかし、ふとした瞬間に涼太の顔が浮かぶことが多々あって、そんな自分がいやでしかたなかった。

新たな出会いが涼太のことを拭い去ってくれればいい。青井さんには申し訳ないが、私はそれを期待して彼に会うことを決めた。

しかし青井さんの外見は期待に応えてくれそうなほどの好みではなく、やっぱり断ればよかったと私は早くも思い始めていた。

「……ですが以前明さんとここに来た際は二軒目であまり食事ができず、実際は初めてのようなもので。それでもおいしかった印象はあるので今日はとても楽しみで——」

堅苦しい上に面白みもない。そう思ってしまう今の自分は、相当にひねくれている。

メニューを見ながらお互いの食べたいものを注文することにした。しかし青井さんは結局私が選んだものに「自分もいいと思っていました」と便乗し、自分の意見を口にしない。

「香箱蟹、おいしそう。青井さんは蟹、大丈夫ですか？」

「はい、大好きです」

注文を終えると、長い沈黙があった。私は盛り上がりそうな話題を探すも思いつかず、青井さんもどうしていいか困ったようだった。このまま退屈な時間が続き、静かに食事をして解散する。きっとそうなる。私はそう覚悟を決めたところで、青井さんの口が小さく開いた。私はその穴を見つめ、どんな言葉が出てくるのかを待った。けれど彼は口を閉じる。なんだよ、と心のなかで呟く。なんなんだよ。先ほどトイレの前で悪態をついたときの気持ちがまたも甦る。あぁ、よくないな。だけど今日の私は我慢ができない。

「――あの」

だめだよ私。なにか言うならせめて柔らかい口調でお願いします。

「言いたいことがあるんなら言ってください」

すると彼はあわあわと口を動かし、明らかに動揺していた。追い討ちをかけるように「思ってることがあるんなら言ってくださいよ」と私は続ける。

「いや」

苦し紛れに青井さんが言う。

「いやじゃなくて」

「そうですよね」

「そうですよね、でもなくて」

追い込まれた青井さんは丸まった背中を少し伸ばし、メガネのつるを擦るように触った。そしてぽつぽつと「さっきトイレから戻ってきたときなんですけど」と口にした。

もしかして泣いていたのがばれていたか。気を遣わせないように目元は拭いたはずだけれど、充血していたのかもしれない。

「少し笑っているように見えまして」

「え？」

「なにか面白いことでもあったのかと」

男の顔が浮かび、こらえきれず大声で笑ってしまう。下品な笑い方だとはわかっているのに、どうしてもやめられず、私は「ごめんなさい、少し待って」と謝った。

それから私はことの経緯を話した。本当はトイレですれ違ったことだけを話すつもりだったのだけれど、トイレを待たせていた部分を端折れず、思い切って美彩のことも涼太のことも全部話すことにした。

話しながらもやっぱり後悔する。こんなに明け透けに話しては、私を軽い女と印象づけてしまうかもしれない。ティッシュペーパーの話に関しても、私が悪い。こんな話を聞けば、青井さんは垢抜けるどころか女性不信になるんじゃないか。それでももう引き返せない。いっそどうにでもなれと私はビールを口にしながらずっと喋り続けた。青井さんに会うのはきっと今日で最後だ。だからどう思われたっていい。

彼は私の話を真剣に聞いた。それもまた、私のなにかをおかしくさせた。弁護士事務所に相談に来てるんじゃないんだからさ。

「そしたらその人、くしゃくしゃのティッシュペーパーみたいな顔したんです」

青井さんは笑わない。

それはそうか。別に面白くないもんね。期待に応えられなくてごめんなさいね。つまらない話をだらだらとしてすみませんね。

話し終えた私は、乾き始めた香箱蟹に箸を伸ばす。

「どんな顔ですか?」

青井さんはまっすぐにこちらを見つめて言う。

「その人の顔、どんなだったんですか」

「だから、くしゃくしゃのティッシュペーパーみたいな」

「やってみてもらえますか」

思わず箸を動かす手が止まる。

「いや、それはちょっと」

「そうですか」

彼は潔く諦め、そして私より先に香箱蟹を摘まんで、口に放った。

私はなぜか、負けた気がした。ここまで話しておきながら、どうして顔を作ることができない。今さら失うものなどないはずなのに。

突然、青井さんは顔の筋肉を真んなかに寄せ、目を上に向ける。

「こんな顔ですか?」

不意を突かれた。その表情はティッシュペーパーを上回る強烈さだった。

「違いますか? じゃあこうでしょうか」

青井さんはそのあとも次々に色んな顔をした。どれもひどい顔だった。呆気にとられていたはずの私は、気づいたら「違います、こうです」とティッシュペーパーの顔を忠実に再現していった。笑い合う私たちを不思議そうに見る客のなかには、あの男の顔もあった。

青井

視線は逸らしていたが、彼女の声だけはどうしても耳に届く。私は咳き込んだふりをし、迷惑をかけたくないので一度出ます、と芝居を打って病室から出た。

扉が閉まっても咳を続け、ボリュームを上げながら離れる。わざとらしい咳をいつまで続けるべきか悩みながら、トイレに入った。ぴたりとやめた咳が、わずかに反響する。

鏡に映った自分と目が合う。涼太の顔と比べてしまいそうになるのをごまかすように顔を洗い、手拭き用の紙で拭く。ゴミ箱に放り込まれたその紙に、優さんの顔を思い浮かべた。

初めて会った日、彼女はよく笑った。懐かしい思い出にふっと力が抜ける。

トイレをあとにし、共有スペースのベンチに腰掛けて天井を眺める。

意識不明の相手に素直な言葉をぶつけられる優さんを心から尊敬する。自分ならなんと声をかけるだろうか。きっと当たり障りのないことしか言えないだろう。なにを言ったって、どうせ届くはずないのだ。私はそういう思いを払いのけることができない。

優さんは私がいても、いないように振る舞っていた。遠慮なく彼に言葉をかけた。「涼太、誕生日おめでとう」。彼女はあまりにもナチュラルにそう言った。表情も語気も嘘がなくて、慈しみからいやみまであらゆる感情を内包している優さんはとても人間らしかった。ゲームで負けると心底悔しがるように、彼女はいつだってまっすぐだ。

私を気にかけていないわけではないのだろう。この状況においても彼女なりの役割と思いと正しさを忠実に実行した、それだけだ。けれど私は残ることができなかった。

共有スペースには小さな熱帯魚のいる水槽があって、窓から差し込む陽がそれに反射して室内を照らした。その明かりのなかでぼんやりとテレビを見る人や、楽しげに談笑する人、スマホをいじる人など様々な人がいて、それぞれが自由に時間を過ごしていた。私はそんな彼らをなんともなしに眺め続けた。

「どうして来たんですか？」

自分に向けられた言葉だと気づかないでいると、もう一度「どうして、来たんですか？」と声がした。ふと見上げると西倉まりなが私を覗き込んでいた。

「こうなるに決まってたと思うんですけど」

意味を理解できずにいると、「自信があったとか？」と彼女は続けた。

「自信？」

「同席しても辛くない自信とか、ふたりがどんな感じになったとしても自分を好きでいてくれる自信とか」

そんなこと、と言いかけたとき馴染みのある臭いを感じた。裁判――被告が尋問されているときに感じる、あの痺れるような臭いが鼻をかすめる。

「弁護士さんって、いろんな人のいろんな部分を見ているわけじゃないですか。人のことに詳しくて、人の気持ちがわかったりするわけじゃないですか。だとすると、今日こうなることもわかってたと思うんですよ」

「そんなことない」

先輩に紹介された優さんの第一印象は飾らない人で、なんとなくオレンジ色が似合いそうな人だった。初対面の私に自分のことを明け透けに話すので、少しひやひやもしたが、聞いていて心地よい声で、心が幾分軽くなった。とても楽しい夜だった。

しかしそれ以上の感情は生まれなかった。それは彼女の問題ではなく私の問題だ。若い時分にしておくべき淡い経験を一切なげうって勉強に没頭してきた。法学部を卒業後、ロースクールを経て司法試験に二度目の挑戦で合格し、ようやく弁護士になることができた。それから順調に仕事を重ね、華々しいキャリアを積み重ねていくうちに、私は人を人たらしめるのに必要ななにかをすっかり忘れてしまった。

仕事柄、あらゆる悲惨な状況を目の当たりにしてきた。刑事ドラマではよく、新米が初めて死体を見た際に思わず嘔吐し、ベテラン刑事が呆れるというシーンが描かれる。自分もまさにそのような経過を辿った。当初は奇想天外な案件が舞い込むごとにめまいを覚えて、時に依頼人に対して不快感を露わにしたこともあった。それでもこなしていくうちに慣れて的確に対応できるようになっていく。今の事務所ではまだ若手と言っていい年齢だが、仕事で慌てふためくことはほとんどなくなった。粛々と論理で対処していく癖がすっかり染みついた。引き換えに人間的な感情はぽろぽろと剥がれ落ち、今ではもう拾いきれなくなってしまった。

「わからないから冷静でいられることもあるだろう」

西倉は水槽に近づいてガラスをとんとんと叩いた。魚は慣れているのか反応せず、動きに変化はない。

「だけど、今は冷静ではいられない、と」

「君は皮肉めいた言い回しをするね」

「そう？　だったらもっと直接的に言った方がいいですか？」

「なにも言わないでほしい」

「そんなこと言わないでください。興味があるんです」

「私にか？」

「人にです」

「君はいくつ？」

「二十一」

私がこの子くらいのときに恋をしていれば、もう少し滑らかに優さんを好きになれたのかもしれない。

彼女と会う前、孤独死した老人の遺産相続を担当した。依頼主の息子は、戸籍上は親族かもしれないがあの人とは関わりたくない、大した遺産もないだろうから相続は全て放棄したい、と言いきった。

よくある話だ。私がその老人の家を訪ねたりしなければ、数ある案件のうちのひとつとして処理できただろう。ふと足を運ぼうと思ったのは、故人の名前が自分と同じ読みの「良充《よしみつ》」だった、ただそれだけだった。

故人の家はまだ清掃が入る前で、ひどく汚れていた。床には弁当の空箱や空き缶、空き瓶が放っておかれていて、食べ残しはカビて黒くなっていた。

そのなかで唯一、棚の一角が異様にきれいに保たれていて、写真がいくつも並べられていた。どれも家族の写真で、依頼主の幼い頃のものもあった。

故人がどうしてここだけ整理していたのかはわからない。しかし、私にはそれが祈りに思えてしかたなかった。

彼がなにをよすがに生きて人生の幕を下ろしたかなど知る由もない。ただ振り返りたくなる他者との記憶は確かに存在していた。ひとりで最期を迎えたとはいえ、不幸と決めることは私には到底できなかった。

彼より私は幸福だろうか。人に興味を持てないまま弁護士を続けている私の末路が、彼よりも悲惨ではないとどうしたら言いきれるのだろう。輝かしいのは経歴ばかり、人生を振り返っても人との幸せな記憶なんて思い出せない。この先はどうだ。期待できるのだろうか。根拠なくどうして期待できる。私のよすがはいったいどこだ。そういう思いが膨らんだまま、今なお浮かび続けている。

そんな折、懇意にしている先輩から女性を紹介したいとお誘いを受けた。それが優さんだった。

「わたしね、涼太さんが車にはねられたとき、忠さんといたんだ」

西倉は私の前にしゃがみ込み、そう囁いた。

「忠さんね、涼太さんから連絡が来てたのに、返さなかったの。涼太さんの身勝手な行動に呆れてたみたいで。だけど、こんなことになっちゃって」

忠と西倉がそういう関係である可能性は考えていた。別段、驚くことはなかった。

「でもね、こんなこと言ったら絶対にダメだと思うんだけれど、わたしは少しうれしかったの」

「彼を独り占めできるから?」

「そうじゃない」

西倉は両手の指と指を合わせ、「忠さんの本当の部分が見れたと思うから」と言った。

「本当の部分って?」

「人は人を意識せずにはいられないじゃないですか。青井さんが病室から咳をする演技とかして出てったのだって、その場にいる人に気を遣わせないためだったわけでしょ? 本当だったたら『俺はこの場にいるなんて耐えられない！』って感じで出ていくはずでしょ」

どう反論すれば言い訳がましくならないか、と思案している時点で彼女の言う本当の自分は霞がかっている。

「でも、こういう非常事態が起きると、人の心理が見えてくると思うんです。忠さんは自分を責めて、後悔して、弟のためになんでもしてあげたい、ってモードなんですよ。それって誰かの目を意識してるわけじゃなくて、贖罪とか、善意とかの発露で、対自的で、本当じゃないですか」

「自分の感情を正当化するためかもしれない」

「それはいいんです。それによってどういう人か、知ることができるから。少し歩きませんか？」

西倉の誘いに乗ったのは、共有スペースに座っていた老人たちが例の故人を想起させたからだった。誰かと話す人たちはもちろん、寂しげに座っている人にだって、他者との幸福な記憶があるかもしれない。だとしたら、彼らは他者ときちんと向き合ったことがある。私は今、それができずにこんなところにいる。死の気配を漂わせながら満ち足りている彼らが、私を鼻で笑っているような気がして、とにかくここから離れたかった。

「忠さんはわたしと関係を持ってしまって、とても困惑していました。でも涼太さんの事故があって、もともとの生真面目さが、より目立つようになったんです。『責任を持って君のお母さんに挨拶をする』とか言い出しちゃって」

西倉の笑い声に、遠くのナースがこちらを一瞥した。

「わたしと結婚でもするつもりなんですかね」

「君はどうなの？」

「わからないです。結婚ってなんですするんですかね。どう思います？　婚姻制度の意義とか。弁護士先生」

病院内は病室が均等に並んでいて、画一的だった。新築のように清潔な白さを保ち、責められているような気分になる。

「日本で籍を入れるメリットは、ここが病院ということで言うと、婚姻関係になければ相手の緊急時に手術の同意書に代理でサインすることができない」

「ひとつ目がそれですか」

「あとは税金や様々な費用が控除される」

「じゃあ、青井さんは富士田さんと結婚する？」

その瞬間、近くの病室から男性が勢いよく飛び出してきた。西倉は足を止め、開いた扉の奥に視線をやった。

「あ、あのベッドの人。よくテレビに出てた料理人の、えっと誰だっけ」

さりげなく室内を見ると、なかにはたくさんの人がいてすぐにはベッドが見えなかった。ようやく隙間から覗いた顔は、私も見覚えのあるものだ。最近はあまり見なくなったが、不良少年の更生を促す活動をしているとか、そんな話を聞いたことがある。

「里見《さとみ》、って名前じゃなかったかな」

西倉は「そうそう」と大きく頷き、それから「あの人、橋本《はしもと》さんかな」と呟いた。

その人は『はしもと』の店長だった。優さんと通っているので間違いないが、とても声をかけられる状態ではなかった。里見の容体がただならぬものであることは、室内の雰囲気から明らかだったし、橋本は目に涙を浮かべている。見るからに緊急事態だったが、人が集まっていることばかりに目が行ってしまう時点で、自分はかなり末期だと自嘲した。扉がゆっくりと閉まっていく。

「西倉さん、『はしもと』、知ってるの？」

「うん、行ったことあるよ。青井さんも？」

「あぁ」

「じゃあわたしたち、会ってるかもね」

廊下の突き当たりまで行くと、庭園に出られるようになっていた。扉を開けると風が私たちを撫でて廊下の方へと流れていく。院内はバリアフリーが徹底されており、車椅子でもスムーズに進めるようになっている。中心にある円形の花壇を囲むように縁台がぐるりと設置されていた。私たちはどちらからともなく、そこに腰掛けた。花壇に並んだパンジーが小刻みに揺れている。

庭園には寝巻き姿で歩く患者がちらほらいた。彼らはみんなどこかに病や怪我を抱えている。肉体のどこかに異質な部分があり、機能不全がある状態だ。不全の対義語はなんだろう。

完全になるのだろうか。私は健康な肉体を有しているが、機能完全とは思えない。どこかに機能不全がある自覚がある。しかしこれはどう治療すればよいのだろう。

「それほど好きだったわけではないんだ」

優さんと数回のデートを重ねても、自分の気持ちが大きく変化したわけではなかった。居心地はよかったし、話も弾んだ。しかし決定的なものは感じなかった。それでも交際を申し込んだのは、孤独死の老人のイメージが頭から離れずひとりでいることが怖いという、とても自分勝手な理由からだ。感情豊かな彼女なら、私のごわついた内面をどうにかしてくれるかもしれないという期待もあった。

優さんは私の申し出をすぐには受け入れなかった。それは予想できていた。彼女自身も私がなにかの変化のきっかけになるかもと思いながら、まだその確信が持てていないのだ。後日、「正直、まだ青井さんをきちんと好きになれていないかもしれません。でもこれから、お互い深く知っていきながら理解できたら」と言われ、安心した。ひとりでいなくて済むからではない。私への思いが強すぎないことに安心した。

それから私たちは、いろんな時間を過ごした。食事だけでなく、遊園地に行ったり、ゲームセンターに行ったりと、高校生がするようなデートも実践した。連絡はどんなことでもいいから毎日し合うというルールも設けた。そんなふうに、一緒にいることを試してきた。

「今日ここに誘われるまで、私と優さんは同じ方向を向いていながら、遠い距離にいたように思う」

義満さんが行ってほしくないと思うなら、私は行かない。優さんにそう言われるまで、私は彼女に対してなにかを望んだことなどなかったことに気がついた。いつも優さんのしたいようにしていてほしいと思っていた。しかしそのとき、私の内なる自分が初めて直情的に「行ってほしくない」と叫んだ。

私たちは前に進んでいたわけではない。けれど日々は私たちの後ろへと流れていく。そして私たちは、当初とは違う場所にいるのだと知った。

優さんが柏原涼太に会うということは、その時間に逆らって戻ることだ。私と重ねた時間を飛び越えて、彼との記憶を巻き戻しながら、かつて過ごしたふたりの日々を甦らせる。

私と優さんの記憶を奪われてしまう。これからの時間さえ持っていかれてしまう。そんなことはあまりに非論理的だとわかっているのに、子供じみた発想がどうしても頭に湧いて苦しい。

「来なきゃよかったのかな」

「そうだよ、来なくてよかったんだよ」

それでも私は「行っておいでよ」と受け入れた。「行かないで」と言う方法を知らなかった。返事を聞いた優さんは少し悩み、それからそっと口を開いて「もしよかったら義満さんも来て」とつけ加えた。優さんは自分なりの正しさに基づいて、やましさがないことを証明してくれようとした。

「正しさ、誠実さ。そういう類いのものより優先できることってなにかわからないんだ」

断るすべなく、私は承諾した。その瞬間から、私は私の恋を自覚した。その自覚が優さんではなく、元交際相手によってもたらされたということがまた、虚しさをあおった。

以来ずっと、経年してページの貼りついてしまったノートを一枚一枚剥がしていくような気分が続いている。今まで味わったことのない感触をことあるごとに知るのは、決して気持ちのよいことばかりではなかった。

「仕事だと思えばどうにか乗り越えられると思っていたんだが、過信だったみたいだ」

証言者が優さん、依頼主が柏原忠で、被害者が涼太。そう思えば付き添うこともそつなくこなせると思っていた。

「ねぇ、そんなに落ち込んでるの？」

「え？」

「目、赤いよ。顔色悪いし」

「少し気分が悪いかもしれない」

「じゃあさ、ちょっとわたしの言う通りにして。まず目を閉じて」

「なにも考えたくない」

「想像してください。あなたは静かな小さい星の上にいます。なんにもない、ただの星」

私は疲れていた。もう頭を使いたくなかった。なのに言葉は勝手に脳を支配し、目の前に光景を浮かび上がらせる。

「次第に空中が星の瞬きできらきらしてきて、筋のような光があなたのいる場所を照らします。足下に浅い川があって、歩くたびに砂利が軋みます。草木が生え、動物の鳴き声が聞こえます」

病院という場所に引っ張られているのか、そこは異星というより、異界、死後の世界のように感じられた。身体が浮いているように軽い。想像の景色を進んでいくと、少しずつ肌寒さを感じる。砂漠のようだった土地が次第に森のようになっていくが、色は薄く、花は咲いていない。

「目の前に大きな水晶が横たわっていて、あなたはそこに座ります」

透明な水晶が星の光を吸い込んで乱反射している。その光がまた森を照らした。土の匂いが生命力を感じさせるが、ところどころにあるこういった生のイメージが天国や極楽とも結びついて、余計に死を想起する。

「今、どんな気持ち、ですか?」

「どんなってそれは――」

「そこに、誰がいてほしいですか?」

「誰?」

霞んでいく景色の向こうに、うっすらと人影が現れる。彼女は私を観察するように、無表情で見ている。そんな顔をしないでほしい。

突然星が消滅して消えていく。早くしないと暗くなってしまう。急がないと、彼女が見えなくなってしまう。

まだ無表情のままだった。なにか言わなくてはいけないが、どうしていいかわからない。まごついたまま彼女を見つめる。

「目を開けて」

目を開けたら最後になってしまう。私はもっと強く目を瞑る。けれど星は完全に消えて、光はどこにもなくなって、無になった。

「ほら」

西倉が肩を叩く。私はそっと瞼を開ける。薄目で西倉の方を見ようとしたが、夕日が眩しくて目が痛かった。

だんだんと明るさに慣れ、西倉の隣に誰かが立っているのに気づく。

「いつからそこに」

優さんは、不思議そうに西倉に目を向けた。西倉は咳き込むふりをしながら、そこから離れていった。

ここには星の光も川も水晶の乱反射もなく、小さなパンジーとか消毒液の臭いとかそんなものしかないけれど、オレンジ色の似合う優さんの瞳は優しくて、触れていないのに温かかった。

どれだけ苦しくても、この瞬間がいつかの私を救う祈りになるかもしれない。そう信じて私は貼りついたページをめくるため、ゆっくりとノートに指をかけた。

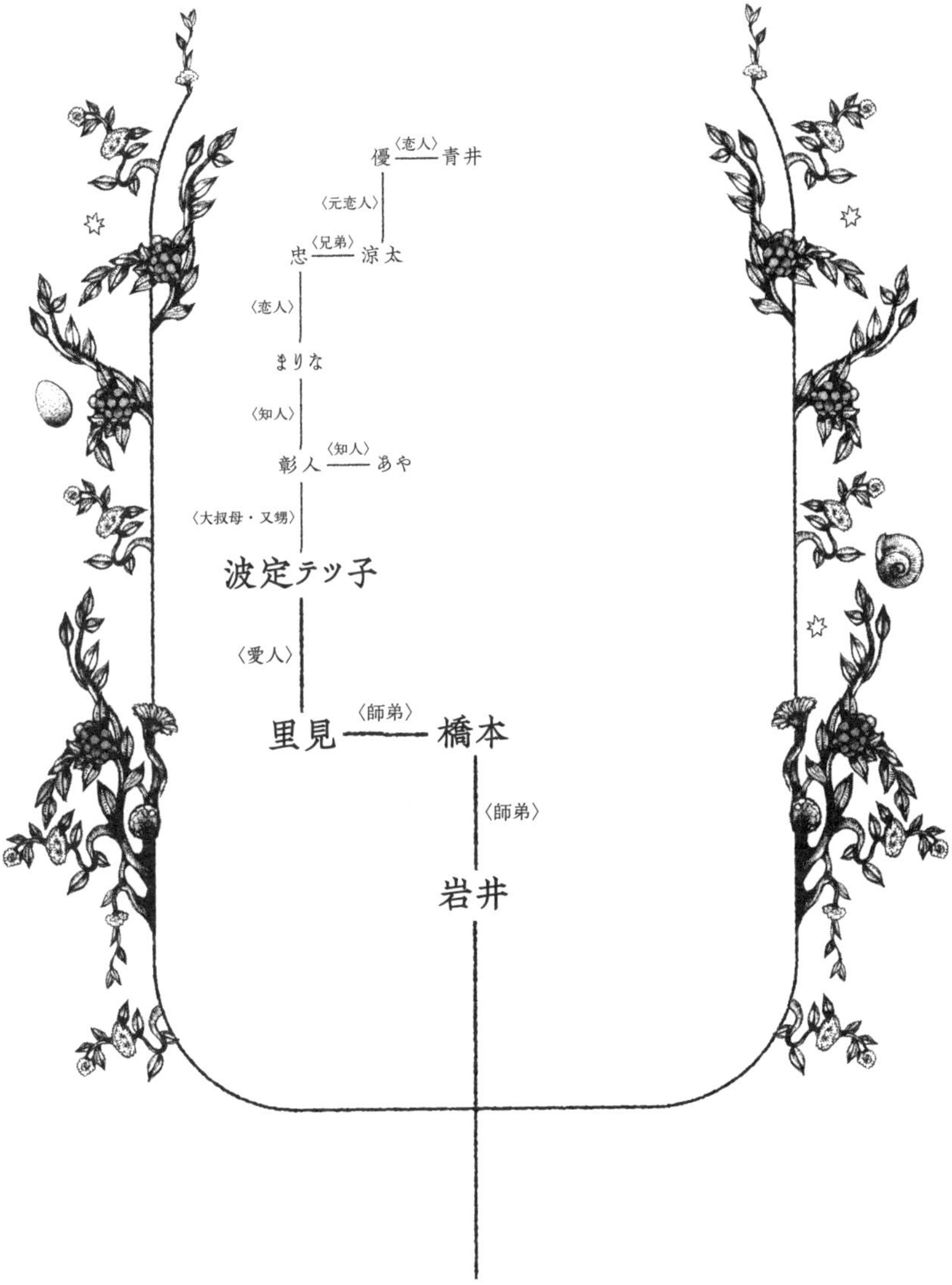

3　シンボル

飾り包丁

橋本

「ありがとうございました」

　最後の客に頭を下げる。扉が閉まる音を合図に身体を起こし、「もういいぞー」と声をかけると、岩井《いわい》から「うぃっす」という疲れた返事があった。

　改めて見た岩井の顔は、口角ががくんと垂れていた。心なしか髭が伸びている。

「最後のお客さん、長かったですね。大将も、そろそろって追い出せばいいのに」

　確かに閉店時間から二時間が過ぎていたが、客が帰ったからといってこうした軽口はよくない。たしなめるべきかとも思ったが、口を滑らすほどに疲れたのだろう。

「有働《うどう》さん、今日娘に子供が生まれたんだとよ。めでたいじゃないの。なにより、まだいたいと思ってくれるだけ、ありがたい」

「お人好しすぎです」

　岩井はそそくさとテーブルを片づけ始めたが、「ビールを頼む」と宣言し、さっきまで客が座っていたテーブルに腰掛けた。

だ。

「大将、休憩は終わってからにしてください」

「あとはお前に任せた。ビールを注いでくれ」

「もー。わかりましたよ」

岩井が注いだビールは泡の比率がちょうどよかった。そろそろ別の仕事も任せてよさそうだ。

「おつかれ」

受け取ったグラスを掲げると、「おつかれさまです」と岩井が答えた。喉をすり抜けていくビールの苦味と炭酸が疲労を達成感に変える。

「しかしあれですよね」

岩井は皿をクロスで拭きながら「メディアの影響力って、本当にすごいっすね。普段と全然違う客層で笑いそうになりましたよ」とリラックスした口調で話した。

「ほんとだな。こんなことなら、やっぱり断っておけばよかった」

「おかみさんがいてくれたら問題ないんですけど」

取材の依頼は全て断っていたが、常連の波定テツ子さんから雑誌の企画でぜひこのお店を紹介させてほしいと頼まれた。大女優からの熱烈オファーにどうにも拒みきれず、顔出しをしないという約束で一度だけなら、と受け入れた。これがまずかった。テレビならまだしも一雑誌にさほど影響力もないだろう、そう高をくくっていたが、雑誌の発売日から予約の電話がひっきりなしに鳴った。掲載したメニューが「3種のチーズを合わせたクレソンしゃぶすき」だったため、女子会心に火をつけてしまったのだ。普段は中年層が主だが、女子大生やママ友の集団で店は溢れ、これまであまり見たことのない光景が広がっていた。

こんなときに限ってともに働いている妻は息子のインフルエンザをもらってしまい、店に立てない。おかげで俺も家に帰れず、近くのカプセルホテルで寝泊まりする羽目になり、疲れは溜まる一方だった。

それだけでなく長年勤めていた従業員のひとりも身内に不幸があったと突然辞めてしまい、岩井がいるおかげでなんとか回せている状態で、これほど余裕のない日々は久しぶりだった。

「牛すじの煮込み、余ってるだろ。つまみでくれ」

「なに言ってんすか、もうなくなりましたよ」

「じゃあ明太子あったろ、あれ炙ってくれ」

「昨日お客さんにパスタ作ってくれって無茶ぶりされて、使いきってませんでした?」

「そうだった。じゃあなんでもいい、なんか適当に出してくれ」

岩井は冷蔵庫を物色しながら「もうダメになりそうなサンマが一尾ありますけど、焼きます?」と聞いた。

「いっちょ前に料理人っぽいこと言うじゃねぇか。できんのかよ」

「大将の仕事、ちゃんと見てたんで」

「見ればできると思われちゃ困るがな」

岩井は料理が趣味らしく、毎日自炊をしているとのことだったが、厨房を手伝わせる気はなかった。『はしもと』は小さな日本料理屋だ。自分さえ厨房にいれば問題なかった。なによ り、ここは自分の店だ。味に関わるものに他人を介入させるつもりはない。

しかし今日のような混み具合が続くのなら、さすがに身体を壊してしまう。頼れるところは頼らなければ、この先続けていくことはできないかもしれない。自分の体力を過信するなと、妻からも口酸っぱく言われている。

岩井が働き始めて半年以上になる。下処理ならやらせてもかまわないだろう。

「三枚におろして、それから串に刺せ。焼き場の火はまだあったか」

「なんとか残ってます」

「なら片褄折りで串打ちして焼いてくれ。腸《わた》はすりつぶして煮切り酒と醤油と和えて、炙り終わる直前に皮目に塗ってくれ。中骨も全部抜けよ。いつも俺を見てればできるだろ」

「あ、はい。なんとか真似てやってみます」

どの程度できるのか軽く難題を押しつけて見極めるつもりだったが、思いのほか素直に注文を受け入れたので驚いた。冷蔵庫からサンマを取り出した岩井はパンッと両手を鳴らし、包丁を握った。そこで「あっ、そういえば」となにかを思い出したようにこっちを見た。

「半年くらい前に景澤女子大でボヤ騒ぎがあったの覚えてます?」

「あぁ、そんなのあったな」

まな板に置かれたサンマはずいぶんと柔らかく、今食べるほかないという様子だった。

「あれ、たっちゃんさんの娘が関わってるらしいですよ」

「え？　一度うちに連れてきたあの子？」

「そうです、しかも大学の教員と付き合ってるって噂で」

岩井は時事的なものからどうでもいい話題まで、幅広く精通していた。

料理にばかり意識がいく料理人が多いが、客商売にはこういう能力も必要だ。実際、岩井から教えてもらった情報でずいぶんな数の客と打ち解けた。

「あの子がねぇ。そんなふうには全然見えなかったけどなぁ。どこにでもいそうな普通の子って感じだったのに」

「人は見た目によりませんよね」

ふと自分に言われているような気になり、ビールを流し込む。

「お前はなんでそんなこと知ってるんだ」

「友達がその女子大で働いてるんすよ」

岩井はサンマをさっと水で洗い流し、手ぬぐいで身を拭いてそっと腹を割いた。三枚におろしていく手さばきは悪くないが、緊張しているのかやけに慎重に見える。

「つまみなんだからもっと豪快でいいぞ」

「大将に見られているとつい丁寧にやりすぎてしまうんです」

「早くしないと魚はどんどん傷んでいく」

すると岩井は、しゅっ、とまるでボクサーのようなすばやい息を吐いた。

集中する岩井の手元に目が行く。

そもそも魚をさばけること自体意外だった。しかし進んでいくにつれ、その意外性は別のところへと移った。

手つきから察するに独学で学んだのだろう。料理のハウツー本か関連動画か、おそらくそのあたりだ。和食のセオリーに倣った亜流のような手順だが、気になったのは随所に見られる個性的な要素と、それに陶酔するような仕草だった。これは岩井のオリジナルではなく、きっとなにかから影響を受けているのではないか。例えばマンガやドラマなど、そういったフィクショナルなものを真似ているのかもしれない——。

岩井の儀式めいたニュアンスがさらに浮き彫りになったのは、サンマの皮に飾り包丁を入れたときだった。一般的にはXの形で切り込みを入れるが、岩井はXを二つ並べるようにして切り、左右の端はそれぞれ<と>で結んでいった。つまり◇が三つ繋がって並んだような形を描いたのだ。

——まさか。

この影響はマンガやドラマの人物からではない。しかし口には出さなかった。自分が知っている手法とはわずかにズレている。

岩井はサンマを串に刺して、「腸は全部使いますか？　それとも心臓と肝臓は抜きますか」と尋ねた。

「捨ててくれ」

すると岩井は心臓に二度切り込みを入れて、捨てた。

疑念が確信に変わる。岩井はそんな自分をよそに、腸をすり潰し、指示通りに醤油と煮切り酒で和え、サンマを炙った。皮の爆ぜる音が鳴る頃、岩井の額には汗が滲んでいた。

「なぁ岩井、ついでに昆布を明日使う出汁の分、水に浸けといてくれ」

「え、はい、わかりました。これが終わったら」

「サンマの続きは俺がやる。早くやれ」

「いや」

岩井の額に滲んだ汗は頬へ落ち、無精髭に絡んで広がった。

「最後まで、やらしてください」

俺は黙って頷き、皿に盛りつけるところまで静かに見続けた。

火加減に集中する彼から気迫が漂った。それを感じれば感じるほど、料理人としての信頼と反比例して、人として信用できなくなる。

「どうぞ」

皿にはゼンマイのように軽く丸まったサンマが二つ並べられていた。身はふっくらとしていて、外側から内側に向けて白から赤みがかったグラデーションになっており、見事だ。

口にすると皮の香ばしさが鼻へと抜け、追いかけて腸と醤油の香り、苦味が広がり、嚙むほどに旨みが溶けていく。煮切り酒の香りもほのかに感じて、いやみはどこにもなかった。あのサンマの質からすれば上出来だ。

「うまい」

岩井はうれしそうに微笑んでいる。そして寸胴に水を注ぎ、昆布を拭いて角をハサミで落として、鍋に放り込んだ。

「火にかけるのは明日でいいですか」

「ひとつ聞きたいんだが」

もう一度サンマを口に運び、言葉を待つ岩井に改めて問う。

「どこで料理を勉強した」

「前に言ったじゃないっすか。独学です」

「独学じゃ、そうはならない」

岩井の頬がぴくりと引きつる。

「『味郷《みさと》』か。それとも弟子の店か」

視線を落とす彼から気まずさが見て取れた。追い討ちをかけるように話を続ける。

「魚の飾り包丁をあんなふうにする人を、俺はひとりしか知らない。魚の心臓に十字に切り込みを入れてから捨てる人も、昆布の角をわざわざ切るのも、あの人が教えたやり方なんだろ」

「違います、いや違わないんですけど」

歯切れの悪いせいで、苛立ちが募っていく。

「俺はお前に感謝してる。もっと仕事を任せたいと思っていたが、嘘をつく人間と働くのは無理だ」

サンマの苦味は口に残ったままだった。

「まだこの店にいたいなら、全部話しなさい」

岩井が帽子を脱ぐと、一様に刈り込まれた坊主頭が露わになる。まるで悪いことをした子供のようだった。

両手で帽子をぎゅっと握り潰した岩井は「信じてください。俺は『味郷』では働いてません、本当です」と弱々しく言った。

「だったら、それ、どこで覚えた」

ビールで流れたはずの疲れが、波のように引いては押し返してくる。と同時に、あの日を思い出してしまい、いやな感触まで甦る。

「大将」

岩井の瞳にいつのまにか力が戻っていて、それは反抗的にすら思えた。

「先に教えてください。大将は、どうして『味郷』のこと、里見さんのこと知ってるんですか。ここは『味郷』ののれんわけじゃないですよね」

自分から抜けていく気力が岩井に移ってるのではと錯覚してしまうほど、互いの勢いが逆転する。

「関係ないだろう」

「正直に話します。俺がここに来たのは」

網に残っていた脂が垂れたのか、焼き場からじゅっと音が聞こえた。

「大将から『味郷』のこと、里見さんのことを探るためでした――」

大将の目にいつもの温情はなく、鋭い刃のような緊張が滲んでいた。それは昔の面影というよりも、奥にしまっていた野性に近く、『味郷』にいたということが途端に現実味を帯びる。大将に褒めてもらいたくて、自分の役割をつい忘れた。料理に夢中になってしまった自分を責めつつも、しかしなぜ彼に気づかれたかがわからない。《料理は独学》という設定の範囲を超えたかもしれないが、それだけで『里見』や『味郷』の名が出てくるはずはなかった。ただ、大将自らこれらの言葉を吐き出してくれたのは収穫だ。

こうなれば正直に打ち明け、彼に全て話してもらうしかない。しかし一筋縄ではいかないだろう。

ここは変に駆け引きするよりも真っ向からぶつかるべきだ。大将のような昔気質の人間は真正直な男を好む。すでに嘘をついていたことにはなったが、ここは誠意のある好青年をイメージして振る舞うのがベターに思えた。

「自分の本職はフリーのライターです」

大将は静かに、それでいて睨むようにこちらを見ていた。俺が全てを話すまで黙っているつもりだろう。怯えながらも、頭のなかでもう一度好青年を思い浮かべて話し出す。

「里見さん、もう先が長くないのは知ってますか」

あえて質問形式で尋ねると、「あぁ」と大将は短く答えた。

「そこで里見さんの本を出版することになりました」

「本」と大将は繰り返した。

「俺はその手伝いをしています。メインのライターではなくて、あくまで助手のような立場です。メインの人間は今、実際に『味郷』で働きながら、合間で入院中の里見さんにインタビューして記事を書いていきます」

広島にある三ツ星の日本料理店『味郷』は四十年以上続く名店で、さほどグルメに明るくない人間でも知っている。その名が知れたのは里見雄一朗《ゆういちろう》の功績で、彼は人気料理番組に度々出演し、蓄えた髭と大柄な体型という貫禄のある容姿、それらとは対照的なやや高い声と独特の広島なまりがお茶の間に受け、知名度を広めた。また里見は、非行に走る子供たちを積極的に雇って更生させ、地域の保全活動も行っていた。あまりにヒロイックな生き様から「偽善者」と誹謗されることもあったが、彼が日本料理界にもたらした貢献とこの慈善活動は今なお強い尊敬を集めている。

そんな里見の病が発覚したのは、二年前、ちょうど七十になる年だった。幸い進行は遅いものの決して完治はしない病で、大柄だった体型も今ではすっかり細くなっていた。そのことを聞きつけた出版社は里見雄一朗の生き様とその哲学に迫る伝記の制作を目論んだ。かつてもそのような話はごまんとあり、「自分のようなものが滅相もございません」と断り続けてきた里見だったが、死期を悟ったのか、学んできたことを後世に伝えたいと気持ちを改めたという。

そうして立ち上がった伝記本の企画を友人の編集者が担当することになった。彼は里見の指示で、まずは実際に『味郷』で働くことから始めた。しかし取材を進めていくうちに、気になる部分があったという。

「編集者のインタビューに協力的だった里見さんが、あまり話したがらないことがあったそうです。そのことについては『味郷』からのれんわけした関係者たちも『知らない』の一点張りでした」

高まる鼓動につられて自分がずいぶんと早口になっているのに気づき、一度深呼吸をした。開店時の賑わいの名残はなく、換気扇の音が怒号のように感じられる。息を整え、「里見さんの胸元にある傷痕」と続きを話した。大将の眉がぴくりと動く。

「そもそも里見さんの胸に傷があるのを知っている人自体少ないでしょう。だけど、入院するたびに見舞いに行っていた編集者の友人は、襟の隙間からそれが見えたそうです。指摘すると里見さんは珍しくへらへらとはぐらかしたと言っていました。彼は余計に気になり、里見雄一朗を語る上で必要ななにかがあると仮説を立て、傷について徹底的に調べることにしました。それで、フリーの俺に話が来たんです」

『味郷』関係者に話を聞いて回ったが、ほとんどの人間はこのことを知らなかった。しかし何人かは、傷の話をすると顔を曇らせた。彼らはみんな二十五年以上前から里見を知る者たちだったため、この期間に働いていた人物を洗っていったところ、二十五歳にして里見の右腕になったひとりの男に辿り着く。

「あなたの存在を見つけるのに、とても時間がかかりました」

当時の『味郷』は最も活気があったと言われる時代で、彼とともに働いた人間も少なくない。なにより里見に次いで憧れの存在だっただろう。しかし見事なまでに、誰も橋本伸介という名前を口にしなかった。

「胸の傷は、彼にきっと関係がある。そこで俺は『はしもと』に潜入することにしました」

橋本伸介についてはは事前に調べておいた。あまり情報はなかったが、傷害と器物損壊が理由で少年鑑別所に入っている。それも一度ではない。

素行の悪さから誰も橋本について話したがらないのかと思ったが、実際に会った彼は温和で優しい、腹の出たおじさんだった。

「料理はズブの素人でしたが、『味郷』で働いているライターから、そこで学んだ調理法を教えてもらったり、取材で学んだものを真似して、あとは本当に独学で勉強しました」

大将はそこまで聞くとおもむろに立ち上がり、「帰れ。二度と顔を見せるな」と背中を向けた。

「待ってください」

大将を止めるように向かい合う。しかし取り合う気もなく、大将は白衣を脱ぎ始めた。

「お前、『味郷』の人間がなんで魚の飾り包丁をああするのか、知らないだろう」

「それは」

「水引だ」

大将が呟くように話す。

「あれの基本にアワビ結びってのがある。祝儀袋でよく見るやつだ。元々はそこから来てる。解けないから、結婚式みたいに一度きりを祝う意味もあるし、両端を引っ張るとより強くなるから、末長いお付き合いを意味することもある。あの人は、自分と客、自分と魚、魚と料理、そういう関係に全て感謝し、ああいう飾り切りをする。食材の心臓には必ず弔いを込めて十字を切る。昆布の角を切るのは、『こんぶ』の角、端の『こ』と『ぶ』、『こぶ』を取って、滑らかな味になるよう、そしていただく人が滑らかな日々を送れますように、という意味だ」

大将は腰の前で白衣を畳み、最後に太股に打ちつけ、パンッと音を鳴らした。

「なにも知らずに真似ているだけじゃ、いつまで経ってもからっぽだ」

——からっぽ。

ジャーナリストという夢を追って、三十歳を目前に新聞社から独立した。お前ならフリーでやっていける、フリーは稼げる、多くの先輩や同僚が俺にそう言った。しかし現実はそんなに甘くなかった。会社という後ろ盾を失った途端、取材は嘘のようにうまくいかなくなった。信じられなかった。自分の実力でやってきたと思っていた俺は、会社という鎧のおかげで仕事ができていただけだった。そんな自分を認めたくなくて必死にもがいていたが、やがて疲弊し、いつしかどうでもいい記事を書いて日銭を稼いでいた。ジャーナリズムなんてかけらもなくなっていた。そういう高尚なものはゆとりのある人間だからできる。社会なんてどうでもいい。俺は今の自分でいっぱいいっぱいだ。そう思う自分にまた嫌気が差す。貧すれば鈍するというのを、身をもって実感した。

そして俺は今、料理人として働いている。一貫性のなさはまさに、からっぽというよりほかはなかった。

まな板に置かれた刃物に右手が引き寄せられる。握った包丁の切っ先は、なぜか大将に向いていた。

橋本

因果は巡る。

岩井が俺に包丁を向けた瞬間、自分が里見さんとぴたりと重なった。二十五年前、自分が作った料理に文句を言われたことが許せなくて、岩井と同じように包丁を向けた。

「手から離れないだろう」

岩井の顔には脂が滲み、目尻は歪んでいた。

「わかるよ。俺もお前のように里見さんに包丁を向けたことがあるからな」

更生できたと思った。しかし結局はどれだけ世話になった相手でも、かっとなったら手がつけられなかった。俺を拾ってくれた里見さんに、料理を批判されたくらいのことでどうして刃物を向けたのか、今となっては自分でも理解できない。つまるところ、俺はなにも変われていなかった。そんな俺に里見さんは顔色ひとつ変えることなく近づき、包丁の先端に自ら左胸を向けて言ったんだ。

「心臓は十字に切れよ」

キザに思えて一層かっととなったはずのセリフは、自ら発してみるとすんなりと身に沁みた。その温もりで身体が休まっていく気さえした。

岩井の表情は頼りなく、吹けば崩れてしまいそうだ。それはまさにあの日の俺だった。しかし岩井は俺よりも正しかった。彼は震える声で「すみませんでした」と、包丁をまな板に戻す。

「俺はやったんだ。彼の左胸を真一文字に。それでもあの人はぴくりともしなかった。それが悔しくて縦にも切ろうとしたが、できなかった」

最後に鑑別所を出た日、迎えにきたのは親ではなく里見さんだった。初対面の俺を抱きしめ、「うちに来い」と言ったあの人を傷つけた。白衣に滲む血の量を見たとき、殺したと思った。俺に微笑む里見さんの顔が忘れられない。不気味だった。その様が恐ろしかったからではない。計り知れない器量の大きさが自分を飲み込んでしまいそうだったのだ。

包丁を投げ捨て、店を飛び出し、走った。とにかく走った。そして『味郷』のある広島から東京に逃げた。もう料理をする資格などない、そう思ってもできることは料理しかなかった。結局家族経営の小さい和食屋に雇ってもらって、料理人として一からやり直した。過去を振り切るように必死に働き、数年後に独立して『はしもと』という自分の店を構えた。やがて妻子にも恵まれた。幸せだった。しかし気持ちが落ち着いたことはなかった。

里見さんが無事だったと知っても、過去はう蝕した歯のようにふと俺を刺激し、あの夜を甦らせる。常に怯え、警察とすれ違うたびに鼓動が速くなった。けれど誰かが追ってくることはなかった。

この緊張から解放されるには、会って謝罪するしかなかった。けれど勇気が出ず、時ばかりが過ぎた。

自分はずっと自由だった。そのことがすごく不自由だった。

「板場に立つ資格なんてないと思っていたのに、結局料理から離れることができず、いつのまにか店をここに構えていた。何事もなかったかのように、俺は生きてきてしまった」

「ちょっと待ってください」

岩井は怯えた表情のまま、「つまり横一直線に一度切っただけ、ということですか？」と確認した。

「あぁ」

それを聞いた岩井はポケットからスマホを取り出し、「じゃあ、これって」と画面を俺に向けた。そこに写っていたのは、隠し撮りをされた里見さんの姿だった。

ベッドを背によりかかる里見さんは、ずいぶんと老けていて昔の覇気はどこにもない。

「ここ見てください」

岩井が写真を拡大すると、はだけた襟の隙間から傷痕が覗いていた。それは三本の横線で、下の二本は直線だが一番上の線だけは波打つような曲線になっている。

その印を、俺はよく知っていた。

「他の二本の線は、誰が」

——そんなこと。

しかし、光景がありありと浮かぶ。

血まみれの里見さんが自ら胸に刃を当て、切りつける。常軌を逸した行動を、あの人ならきっとする。

しかし整理がつかない。なぜわざわざ、自らこの印を刻むなど——。

岩井はなにかを察したように、「編集者の友人は、このかたちは数学記号の同型を表すのではないかと言っていました」と言った。

「あぁ、そうだ」

鑑別所にいた頃、勉強嫌いの自分はなぜか数学記号にだけ惹かれ、使い方はわからないくせにただ暗記した。その話を里見さんにすると教えてほしいと言ったので、わかりやすいものから順に伝えていった。彼はそれをさりげなく料理のデザインに取り込んだ。気をよくした俺は毎日のように数学記号を説明し、そのなかにこの同型の記号もあった。

たくさん教えた数学記号のなかからあの人はこれを選んだ。その意図が腹立たしく、うれしく、苦しく、寂しかった。

「岩井。書きたきゃ書け。俺の名前も出したきゃ出せ。好きにしろ」

雑誌ひとつで繁盛してしまうのだから、その反対に閑散とするのも一瞬なのだろう。記事になればこの店は終わる。しかしそれで禊になるのであれば、俺は受け入れる。妻や常連には悪いが、むしろここまでやらせてもらえたのが奇跡だ。

「大将」

岩井はもう俺とは違う顔をしていた。

「ビール、おかわりしますか」

「最後のビールだな」

里見さんの顔が浮かぶ。メディアに映る彼を積極的に避けていたため、自分のなかの里見さんはまだあの頃のままだ。

岩井はビールを両手で差し出し、「独学だと昆布だしの取り方がよくわからないんで、明日もしよかったら教えてください」と深く頭を下げた。かたちの悪い坊主頭を眺めながら、あの人のようになりたかった自分を懐かしく思った。

はしわたし

橋本

炉から引き出された台には朽ちた白枝が無造作に散らばっていて、参列者はまた悲しみをこらえた。係員は彼らを慮《おもんぱか》りながらも「では皆様、これからお骨拾いに参ります」と竹の箸と木の箸を一本ずつ配る。なぜお骨上げは違う種類の箸を使うのだろう。そう思いつつ二列に並んでいく参列者に目を移すと、後ろからとんとお尻を叩かれた。振り向くと黒い着物に身を包む波定さんが立っている。まるで映画のシーンに迷い込んだみたいだった。本当にそうだったらいいのに。

きっと彼女も同じだろう。波定さんは潤んだ目元を向けたまま、うっすらと微笑んだ。

人が燃やされたにもかかわらず、臭いはしなかった。いっそ焦げ臭さを振りまいてくれたら実感も増すのだが、棺を閉じて次に目にしたときは遺体はまるで手品でもかけたように灰になっている。

炭――どうしても使い古された炭を思ってしまう。しかし人生を燃やし尽くしたという点では、あながち間違っていない。彼は終生他人のために燃え続けた。

波定さんと列に並び、自分たちの番が来るのを待つ。その間も、参列者からは痛い視線を浴びせられた。

里見雄一朗の伝記が出たのはほんのひと月ほど前だった。内容は里見の辿《たど》った軌跡がメインで、広島で生まれた彼がいかにして料理の道を志したか、なぜ非行に走る子供たちに手を差し伸べたのかなど、半生と哲学が綴られている。また、彼が包丁で切りつけられた話もあった。当時の様子は詳細に記されていたが、それは里見自身が話したのではない。張本人である俺が、自ら取材者に語った。

本の発売が間近に迫る頃、いよいよ里見さんの体調が危ないと岩井から耳にした。しかし店は相変わらず盛況で、なかなか時間を作ることができない。岩井が「一日くらい臨時休業したって問題ないですよ」と背中を押す。それでも渋る俺に彼はこう続けた。「許してもらえるのは生きてるうちですよ」。それで腹を決めた。

里見さんは広島ではなく、都内の病院にいた。日本屈指のがんセンターがあるからというのは大義名分らしく、お見舞いのためにわざわざ広島に出向いてもらうのは申し訳ないからと、自ら東京の大学病院を希望したらしい。死んだあとの段取りも考えてのことで、主な葬儀はこっちで済ませ、身内のために広島でもひっそりとお別れ会を行うそうだ。全て本人が決めていたという。最後の最後まで首尾一貫している。

お見舞いには岩井も同行することになった。手土産を考えていると、大きなシュークリームを頬張る里見さんの笑顔が浮かんだ。あの人はまかないが気に食わないと、よくシュークリームを買いに出た。片手にシュークリームを持ち、口元にクリームをつけたまま戻ってくる姿をなんとなく覚えている。

都内屈指のパティスリーをいくつか巡って当時のものに似たシュークリームを探すことにした。しかし残念ながら目ぼしいものは見つからなかった。どれも洗練されすぎていた。求めていたのはごく一般的なもので、というより当時の広島にはそれしかなかった。今ではコンビニのものですらよくできていて、いっそ自分で作ってしまおうかと思った。しかしそれもそれで気味悪がられる気がして、結局パティシエの友人に頼んでオーソドックスなシュークリームを作ってもらった。

里見さんがいるはずの病室は閉まっていて、ネームプレートには名前がなかった。もしやすでに、といやな汗が滲んだが、扉の向こうから楽しげな声が聞こえたのでノックする。ドアノブに手をかけるとがたがたと音がし、自分の手が震えていることに気づいた。

なかには五、六人の男たちがベッドを囲んでおり、その中心に頬のこけた男が横たわっていた。がっしりとしていたはずの体躯は見る影もなく、浅黒い肌はフィルムのように骨にへばりついてる。しかし瞳だけには衰えが感じられず、全身の生気を集めたような瑞々しさがあった。

どう挨拶すべきか戸惑っていると、「伸介《しんすけ》」と名前を呼ばれた。乾いてかすれていたが、確かにあの人の声だった。ふっと昔の輪郭が甦り、細い骨の周りに昔の里見さんがトレースされていく。と同時に、彼の胸を切ったときの感触が手のひらに広がり、紙袋を持つ手をぐっと握った。

里見さんの声に、周りにいた男たちの目つきが変わる。書籍内では実名は伏せられていたが料理業界は狭い。かつての師を傷つけた愛弟子が誰であるかは、関係者全員の知るところだ。里見さんが「ちょっと下がってくれ」と男たちを壁の方へ促したが、彼らは俺から目を離さない。すれ違いざま、ひとりが小さい声で「美談にするなんて、卑怯じゃの」と言った。岩井は気まずそうに、こぢんまりと部屋の隅に収まっていた。

「ごぶさたしてます」

自分の声もかすれていた。動揺を隠すように、「これ、シュークリームです。今も好きかわかりませんが」と彼の枕元にあるテーブルに置いた。

「覚えとったんかぁ」

里見さんの表情はまるで孫に話しかける祖父のようだった。

謝るなら今だ。そう思ったが、俺は口をもごもごさせるばかりで声にならなかった。すると里見さんは「伸介、『本膳《ほんぜん》』知っとるか」と聞いた。

「本膳料理のことですか?」

「ちがわいや、落語の噺じゃ」

考えながら目線を落とすと、ガウンの襟から古傷の線が覗いた。本当に三本あって、どの線が自分がつけたものかわからなかった。

「落語聞かんのか」

「すみません、勉強不足で」

「落語はええんじゃ」

里見さんが起き上がろうとして、男たちが近づく。すると、彼は手のひらをすっと突き出して制した。

ベッドの背にもたれかかり、彼は突然落語を口にした。噺をそらんじながら、首を左右に切って上手に演じ分ける。その所作が決まっていてつい見とれてしまい、しばらく内容が入ってこなかった。

　病室の誰もが呆気にとられ、ここぞという笑いどころでさえ、くすりともしない。しかし次第に病室の空気がひとつになり、徐々に笑い声が零れた。途中、波定さんが病室にやってきたが、近寄らずにドアのところで見守っていた。

「ここかぁ、先生のお宅は――」

『本膳』のあらすじはこうだった。

　とある村で今宵祝い事が催される。招待された三十六人の村人たちに、本膳料理が振る舞われることになった。だが、そのような豪華な料理を食べたことのない彼らは礼式がわからず、考えあぐねた末に村はずれに住む手習いの先生に教えを請う。しかし先生は「今夜のことでは間に合わないので私の真似をしなさい」と指示をする。いざ祝いの席で先生の一挙手一投足を真似する村人たちだったが、それがなかなかうまくいかず、先生がうっかり里芋を落としたら彼らも落とし、鼻に米がつくと彼らも鼻に米をつけるといった具合でひどい有様だ。呆れた先生が隣の男を注意しようと小突くと、それも真似してドミノ倒しのようにどんどん隣の人を小突いていく。そして最後の男が、隣の壁を見て言い放つ。

「先生、この礼式はどこ持ってくべ」

　里見さんがサゲを口にしてお辞儀すると、夕暮れの斜光が彼の薄くなった頭髪を照らす。おもむろに拍手が鳴り、それを聞いた里見さんは安心したのか滑り落ちるようにして再びベッドに潜り込んだ。

「こんな特技がおありだったんですね」

「女優に見せられるほどじゃないわい。役不足じゃ」

里見さんが波定さんにちらりと目をやる。

「とってもお上手でしたわよ」

波定さんが上品に笑う。それから「ねぇ」と俺に言うので、小さく会釈を返した。うちの常連である波定さんが里見さんとも知り合いだったというのには驚いたが、『味郷』ほどの店なら関わりがあっても不思議ではない。

波定さんがベッドに近寄ると、里見さんは「悪いのぉ、しょっちゅう来てもらって」と言った。

「なによ今さら」

「俺がはよいかんと、テツ子の稼ぎがのぉなる」

「平気よ。こんなこともあると思って、吝嗇を続けてきたんだから」

「なにが吝嗇じゃ、そげな指輪つけとるくせに」

「あら、これはあなたが買ってくださったんじゃない」

「あ？　ほうじゃったか」

ふたりの息の合ったやりとりは、長い月日を物語っていた。そして互いのうっとりとした視線に、懸想《けそう》の匂いを感じずにはいられなかった。

それから里見さんは昔の武勇伝を次々に話し始めた。彼の話に熱心に耳を傾ける弟子たちを見ていると、なんだか懐かしく、束の間自分が反逆者であることを忘れられた。

「少し笑い疲れたけん、ちぃと眠る」

腫れた瞼がとろりと垂れ始めた。

「そうじゃ、伸介」

彼が薄い手を使って手招きするので、枕元まで近寄る。

「お前が使いたかったら、『味郷』の名前、つこうてええんじゃけえな」

あまりに優しい言い方だった。

もっと怒ってほしかった。もっと責めてほしかった。そうすれば、素直に謝れるはずだった。

俺よりも先に俺を許している里見さんが、逆に許せなくて目を背けた。

「まぁ、もう独りでやっていけとるんじゃけえ、どっちでもかまいやせん。好きにしんさいや」

すると彼は、俺の右手をそっと掴んで持ち上げた。身を委ねてされるがままにしていると、彼はその手を自分の左胸に添え、それから俺の人差し指を立てて、斜めに線を引いた。

その瞬間、零れるように、言葉が溢れた。

「すみませんでした」

身体が崩れそうになるのを必死にこらえ、里見さんの手を握り返す。彼はなにも言わなかった。ただただ頷いていた。そのまま瞼を閉じ、まもなく彼は眠った。

そこから容態は一気に悪化した。脈がみるみる下がり、ナースコールを押すと、穏やかだった病室は突然慌ただしくなった。医師や看護師が病室にやってきて懸命に処置を施す。しかしその甲斐虚しく、里見さんはその日のうちに息を引き取った。

その後の段取りはおそろしく手際がよかった。きっと皆覚悟していたのだろう。翌々日に行われた葬式には、各界の著名人らが駆けつけた。

告別式を終え、出棺を見送ったら帰るつもりだった。しかし里見さんの奥様から「橋本さん、このあとの収骨まで残ってくださいますか。本人がそう望んでおりましたので」と誘われた。

「いえ、自分はふさわしくないでしょうから」

そう断ったのは、なにより奥様に配慮してのことだった。彼女も俺をよく思っていないに違いなかった。しかし彼女は「そんなことはありません」としっかりした口調で食い下がる。

「うちの人はよく言っていました。弟子のなかで一番腕がよかったのは、橋本さんだったと」

そんなはずはない。里見さんと別れる前に揉めたのは料理のできが悪かったからだ。

自分の手を見つめる。もうあの人を傷つけたときの感触はなく、手を握った温もりだけが残っていた。

きっと、周囲からは冷ややかな目で見られるだろう。しかしそれを受け入れ、彼の骨を拾うことが、自分にできる最後の罪滅ぼしなのかもしれない。

「では、わかりました」

そう答えると、彼女はうっすらと微笑み、次に波定さんの方へ歩いていった。

波定

お骨上げの番が回ってきて、橋本さんと息を合わせる。小指ほどの骨をふたりでそっと摘まむと、かさり、と骨がわずかな音を立てて崩れた。その音はあまりに軽く、あっけなかった。葬式には幾度も参列してきたけれど、これほど実感が湧かないのは初めてだった。

死を受け入れようと、ひとつひとつに里見さんの面影を探す。しかしこれらの白い塊が、彼を形成していたようにはとても思えなかった。

納骨を終えて葬儀場に戻り、法要を済ませる。精進落《しょうじん》としになり、「これ以上私がいたら気分を悪くする方もいらっしゃるでしょうから」、と葬儀場をあとにした。自動ドアをくぐると、橋本さんが喫煙所でタバコを口にしていた。きっと彼も、同じ心持ちに違いない。目が合うと、彼は今日何度目かの会釈をした。

「ご一緒していいかしら」

「ええ、もちろん」

「火葬のあとにタバコを吸いたくなるのって、不謹慎だけど、しかたないわよね」

「しかたないですよ。でもこの煙を線香と思えば」

そう言って橋本さんはふぅと吐いた。まだ陽の明るい空に浮かぶ雲と、散りゆく煙が重なる。

「そうねえ」

バッグを開き、ポーチのなかから電子タバコを取り出す。セットして吸い込むと、生きている実感がして、不意に寂しくなった。

「波定さん、ちょっといいですか」

「なに？」

「ずっと聞きたかったことがあるんですけど」

「どうぞ」

「俺が里見さんの弟子だったってこと、いつから知ってたんですか」

「いつからだと思う？」

いたずらに笑ってみせると、橋本さんは呆れたように「からかわないでくださいよ、疲れてるんですから」と言った。

「ねえ、今日もお店に出るの？」

「いや、さすがに今日は閉めました。なんだか、うまくできない気がして」

「あら、ずいぶんと弱気なのね。そんなこと言ったら里見さんに怒られてしまうんじゃないかしら」

「本当ですね」

「いつから知ってたか教えてあげるから、ねえ、今夜のご飯、作ってくださらない？」

「えっ」と戸惑った橋本さんの口から、小さな煙が溢れた。そのあと「はぁ」と目尻を頼りなく下げた彼は、「こんな日は、特にやることもないですしね」と首を縦に振った。

『はしもと』へ向かうタクシーのサイドミラー越しに、小さくなっていく葬儀場を眺める。里見さんはまだあそこにいるのかしら。それとも空に浮かぶ雲の先かしら。もしくはもう別のどこかに。なんにせよ、あの人の行きたいところへ行けていればいい。

『はしもと』は南麻布にあるエレベーターのないビルの三階で、幅の狭い階段を上がらなくてはならないのが玉に瑕だった。「お客さんも入ってるんだから、移転してくださると助かるわ」と会うたびにしつこく言って、「考えてるんですけどね、なかなかいいところが」と、思ってもないことを返されるのが私と橋本さんの恒例のやりとりだった。

踊り場で休みながら店の前まで上がると、階段にひとりの女の子が座っていた。橋本さんが「あれ、西倉さんとこの？」と話しかけたのに、その子はまず先に私を見た。びっくりした表情がかわいらしい。

「このたびはお悔やみ申し上げます」

彼女は立ち上がって丁寧に頭を下げた。

「実は里見さんが危篤になったとき、わたしも病院にいて橋本さんの姿を見かけたんです。そのあとに亡くなられたと知って、今日が葬儀だったというのもSNSで見て。いてもたってもいられなくて、来ちゃいました」

橋本さんが私を一瞥してから「わざわざありがとうね。だけど今日は店を開けないんだ」と済まなそうに言うと、その子は「いえ、挨拶したかっただけですから」と自分のお尻を払い、「失礼します」と階段を下りようとした。

「いいじゃない橋本さん」

橋本さんの腕を摑み、女の子の背中に「西倉さんというのかしら？　もしよかったら私と一緒に食べてくださらない？」と声をかける。彼女は少し迷ってから、「おじゃまじゃないですか？」と言った。

「もちろんよ。私もひとりで食べるのは、寂しいわ」

準備のされていない『はしもと』は、いつもより涼しかった。カウンターに腰掛けると、西倉さんが隣に座り「やってないお店に入るのって、こっそり忍び込んだみたいなわくわくがありますね」と言った。

「そうね」

私が思わず微笑むと、西倉さんはにかっと口角を上げた。

「ありもので、適当に作るんでいいですか」

「あなたが里見さんと別れる直前に作っていたもの、お願いしたいのだけれど」

私がそう答えると、彼は目を泳がせた。

「さすがに覚えてませんよ」

「蕪蒸《かぶらむ》しよ」

あんぐりと口を開ける彼の顔が面白い。

「どうして知ってるんですか」

「覚えているのに知らないふりをするなんて、さすがあの人のお弟子さんね」

橋本さんは小さく溜め息を漏らし、「なんのつもりですか」と言った。

「いつかあなたが作ると思って通っていたのよ。でも一向にメニューには加わらないから、きっとわざと作らないようにしてるんじゃないかって。案の定だったのね」

「そのことを知っているのは、あの人だけです」

「そうね。で、作ってくださるのかしら？」

「今日は市場に行けてませんから、蕪も、あのとき使っていたぐじもありませんよ」

「だったら似たものでかまわないわよ」

私はそう言って宙に二本の線を描き、その上下斜めに点を打った。橋本さんはまたも口を開け、観念した様子で調理に取りかかる。その姿勢はあの人のものに似ていた。

「聞いてちょうだい」

彼が手を止めたので、「料理をしながら」と話を続ける。

「私が彼と初めて会ったのは、四十年ほど前、広島で戦争を題材にした映画の撮影をしていたときだった。プロデューサーに誘われて、『味郷』に立ち寄ったの。まだあなたが入る前だった。彼は私のファンだと言ったわ。それからすぐに親しくなって。ふたりとも、もう独り身じゃなかったんだけれど、まぁ、そういうことになってしまったわけね。それがいっときの気の迷いで済めばよかった。だけれど、撮影が終わって広島を離れたあとも、彼が東京に来るたびに――その頃って、よくテレビに出ていたでしょう、あの人。実はあれね、東京に来る口実を作るためだったのよ。子供みたいな話ね。十年以上、私たちはそんな関係を続けた。よくもそんなにもったわよね。とはいえやっぱり奥様に気づかれてしまって」

撮影現場にまでやってきて、彼女は阿修羅のごとく私に怒鳴った。スタッフが間に入らなければ、私はきっと身体のどこかに怪我を負っていたに違いない。そのことを知った里見さんが今度は奥様に怒り、手を上げ、大変な騒ぎとなった。

「なにもかも無茶苦茶だった。そのすぐあとよ、あなたがあの人の胸元を」

そこで言葉を止めるも、橋本さんが「気になさらず」と言うので再び口を開く。

「救急車で運ばれて、でも命に別状はなかった。なにがあったのか尋ねたら、『八つ当たりをしてしまった』と里見さんは言ったの。だからね、私のせいでもあるの。あなたが広島にいられなくなったのは」

「それで、この店に」と言った彼の声には、戸惑いが読み取れた。

「あなたのことを頼むって、彼から言われてた。だから最初はそうね、スパイみたいな感じだったかもしれない。でも今は違うわ。純粋にこの店のファンよ」

「この店にはよくスパイがやってくる」

ひとりごとのように彼が呟く。

「あの人の機嫌がどれだけ悪かろうと、私がやったことは許されることではありません」

「でも彼は許していたわ」

「許されたら、だめなんです」

彼には自由になってほしいと、あの人も私も心から願っていた。しかし彼は頑なに背負おうとする。その頑固さもあの人と似ていて、辛くなる。

「もう十分よ」

「だけど」

「自分で自分を罰しているうちは、あなたは本物の料理人にはなれないわ」

彼の視線は、私を貫くようだった。しかし、私は言わなくてはならなかった。

「橋本さんがいなくなってからも、彼はよくあなたの話をしてた。数学記号、私も教えてもらったの」

「だから、さっき、ニアリーイコールを」

私は頷き、今度は人差し指で三本線を引いて、斜めに切った。

「里見さんがあなたの指で描いたのは、合同否定ね」

「ええ」

「だけど私が彼に教えたものもあるのよ。『ここかぁ、先生のお宅は――』」

テーブルをコンコンと叩いて、噺を最後まで続ける。視界の端で、西倉さんが興味深そうにしているのが見て取れた。サゲを口にし、「『本膳』よ」と言うと、橋本さんは「波定さんの方が、やっぱりうまいんですね」と返した。

「俺を追うな、ってことだったのかしらね。合同否定も、『本膳』も」

橋本さんはそれには答えなかった。

「蕪蒸し、どうぞ」

私と西倉さんのもとに椀に入った蕪蒸しが置かれる。蓋をきゅっと摘まんで外すと、昆布とかつお出汁の豊かな風味がふわっと鼻をかすめ、緩やかに去っていく。品のいい、すっきりとした香りだった。覗くと、澄んだ汁にふわふわとした白い身が浮かんでおり、上には小さくわさびがのっていた。

「蕪は大根ですし、他もほとんど代用して作ったんで、蕪蒸し風、ですかね」

「風でもいいじゃない。あなたらしければ」

メレンゲ状の蒸し物を割るとなかから白身が現れ、「鰆です」と橋本さんが説明した。小さく切り分けて口に入れると歯触りがよく、身がほろりと崩れた。うっすらととろみのついた餡と蕪蒸し風の身はほどよく絡み合っており、大根の甘みと鰆の旨みと餡の芳醇な香りが三位一体となって舌に広がる。抜けていく香りはすっきりとしていながら奥深く、あとからちょっかいを出すようにわさびの辛味が利いた。

「これが、あなたと里見さんの別れの料理なのよね」

「図らずも、ですが」

「これで私も、彼と別れられるかしら」

西倉さんが「おいしい」と小さい声で言い、それから「波定さん、そんなことがあっても、里見さんと交際を続けたんですか」と尋ねてきた。あまりにはっきり聞くのでちょっと面食らいつつも、「欲深いわよね、人って」と笑ってみせる。

「里見さんにも、食べてもらうべきでしたかね」

「あなただっていつか向こうに行くんだから、そのときでいいんじゃないかしら」

橋本さんは「そうですよね」と頷き、天を見上げて、「この礼式はそっちに持っていくけん。次はシュークリームじゃのぉてね」と遠くに言った。

「だけど私はこっちで食べたいから、蕪蒸し、これからはメニューに加えなさいね」

「里見さんにお墨付きをもらえなかった料理ですから、どうしてもそういう気には」

「私のお墨付きじゃ不安なのかしら」

私がそう言うと、隣の西倉さんも「わたしのお墨付きじゃ不安なのかしら」と真似をした。彼女なりの『本膳』のパロディのつもりのようで、西倉さんは照れ臭そうに舌を出した。

橋本さんは笑って、「自分には役不足です」と控えめに言った。里見さんと同じようにその言葉の使い方を間違えていて、彼らの方がよっぽど『本膳』みたいだった。だけどそれは指摘しなかった。私は橋本さんに、いつまでも間違った使い方をしていてほしかった。

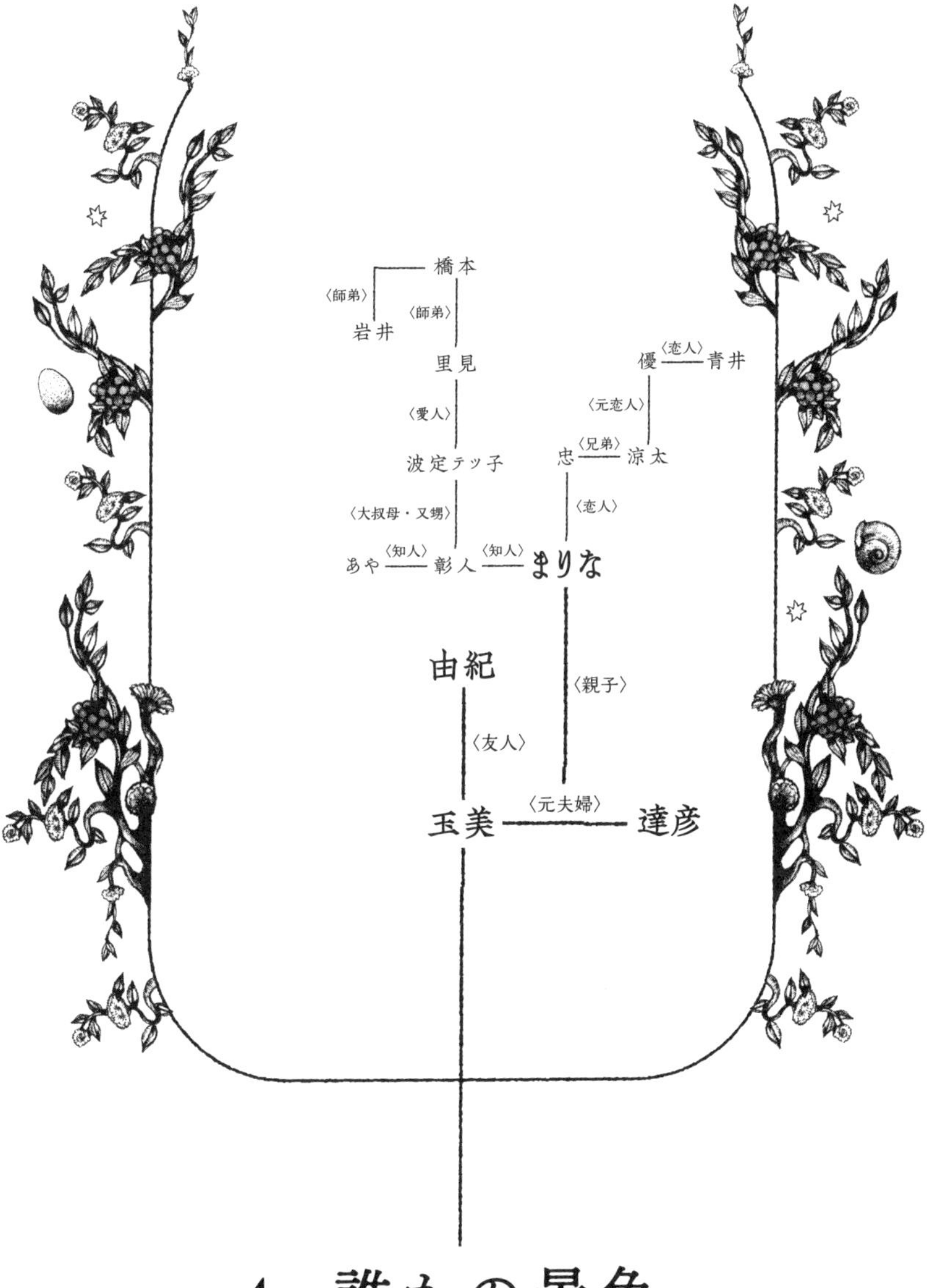
橋本
〈師弟〉
岩井
〈師弟〉
里見
〈愛人〉
波定テツ子
〈大叔母・又甥〉
あや
〈知人〉
彰人
〈知人〉
まりな
優
〈恋人〉
青井
〈元恋人〉
忠
〈兄弟〉
涼太
〈恋人〉
〈親子〉
由紀
〈友人〉
玉美
〈元夫婦〉
達彦

4　誰かの景色

役者

玉美

わたしは歌うことが好きな女の子だった。本当にいつも歌ってた。小さいときはちあきなおみさんが特に好きで、人生で初めて歌った曲は『四つのお願い』だった。

そのときのことは覚えていない。だけど初めて〝歌を歌った〟という感覚を知った、あのときのことは覚えてる。母とスーパーに買い物に行った夕暮れの帰り道、お菓子を買ってもらえたことがうれしくてわたしは歌った。

幼稚園には歌の時間もあったし、それまでもきっと歌ってはいただろうけど、話すことと歌うことの違いはいまいちわからなかった。でもあの瞬間は、その違いをはっきりと感じた。

鳴る、とか、震える、とか、響く、とか、無理やり言葉にしたらそんなだったと思う。でも本当はもっと超越した感覚で、このまま歌い続けたら身体が内側からべろんとひっくり返ってしまうような気がした。少し怖くて、気持ちよかった。

それからの人生、わたしはずっと歌い続けていた。小学校でも中学校でも高校でも、わたしは歌う女の子として、自分でも、そして周囲からも認識されていた。友人に「玉美《たまみ》ちゃんって、玉美ちゃんが歌ってるっていうより、歌が玉美ちゃんになったって感じだよね」と言われたことがある。意味はよくわからなかったけど、歌とひとつになれてると思うと胸のあたりが温かくなった。

『やっぱり離婚ってよくないのねぇ』

昨晩知った歌をYouTubeで流し、合わせて歌いながら片づけをしていたところにかかってきた母からの電話の開口一番はこれだった。よくよく聞くと、今話題になっている連続殺人事件の犯人の家庭環境が悲惨だったということをニュースで知り、そのことからまりなを思い出したというのだ。

『別にまりなちゃんが事件を起こすとか、そういうことを思ったわけじゃなくてね。単純に心配になったの。玉美、ちゃんとまりなと話しているの？　あれ？　玉美ちょっと声、かすれてない？　風邪？』

「なんでもないよ、まりなとも話してる」

『そう、ならいいんだけど』

一口お茶を飲んで喉を潤し、YouTubeを止めてテレビをつける。音は消しておいた。流れるワイドショーでは、親子のファッションチェックをしている。部屋は静かなはずなのに、電話越しの母の声はやけに遠くに感じられた。

『年上の人を好きになったり付き合ったりするのも、達彦さんと別れたからなのかなぁって』

──なにを今さら。

洗いものでもしているのか、水道の音がしたり、かちゃかちゃと音がする。そんなふうに「ながら」で電話するのなら、切ってくれないかなぁと思うのだけれど、母の長電話からは逃げられない。切っても何度もかけてくるし、その長さは年々延びている。

『いいのよ、いいと思うの。わたしはね、年の差がどれだけあってもいいし、自由恋愛だと思う。同性愛者だったとしてもわたしは受け入れられる自信がある。けど、社会はそうじゃないでしょう？　十歳以上離れていると、それも大学教員となんて、びっくりする人もいると思うのよ。それでまりなが本当に幸せになれるのか心配で』

「まりなは幸せそうだよ」

『でも、ほら、大学のボヤ騒ぎだって、まりなが変になってるから、そんなことしちゃうんじゃない』

教員と交際を始めたのはボヤ騒ぎのあとだ。結局母はそれくらいしか理解していないし、自分がしたいようにしか解釈しない。それどころか、この母はわたしの気持ちだって理解できていない。それに苛立ったりしないのは、きっと自分もまりなのことを理解できていないからだ。親子だからわかり合えるなんて幻想だと、この母とあの娘の間に挟まれればいやでも思い知る。

『再婚したらいいじゃない』

これ以上まともに会話を続けていたら、おかしくなりそうだ。そう思ってアイコスを吸おうとしたが、昨晩忘れてきたことを思い出す。

『いい人いないの？　あっ、こないだ同窓会があるって言ってたじゃない、いつだっけ』

「昨日」

伸びた足の爪が目に入り、爪切りを取りにいく。

『あら、そうなの？　誰かいい人いた？　私、あなたと同じように離婚してる人がいいと思うのよね』

ベランダに足を出し、ぱちっ、ぱちっと切っていく。

『ね、そうしなさいよ。離婚してる人は一度間違えているから、二度目はうまくいくっていうじゃない』

足の爪を塗るという発想がなくなったのはいつからだっけ。

『きっと相手を思いやれるようになるからよ』

切ったばかりの爪は生まれ変わったように鋭い。どうせすぐ馴染むくせに、毎回この攻撃的な態度なのが気に食わない。

『みかん、たくさん届いたから送るわね、じゃあね』

母より先に電話を切る。こんな小さな反抗しかできない自分が不甲斐ない。

わたしもこの爪とさして変わらない。自分から離れた爪をティッシュでくるみ、ゴミ箱をめがけて投げた。外れたけど拾いはしない。

＊

高校の同窓会には達彦も来ていた。

間の悪いあの人のことだからきっと風邪でも引いて来ないだろう——というわたしの予想は当たらず、会場のレストランに達彦はいた。

髪はきちっと整えられていた。整髪料を使っている達彦をわたしは知らない。だけど達彦は浮いていない。同窓会に来ている男は気取り、女は火照って、めいめいあからさまになにかを期待していた。そしてわたしも、人並みに着飾って来てしまった。

でもそれは思わぬ出会いに備えてきたからじゃない。

もともと夫婦だったふたりが同窓会にいればどうしたって注目は集まる。そこでわたしの方が身なりに気配りできていないと思われるのは癪だった。

「玉ちゃん！」

「うわっ」

意識がすっかり達彦の方に行っていたので、わたしは思わず声を上げた。

「由紀《ゆき》ちゃん来れたんだ！　仕事で行けないかもって、昨日言ってたから」

彼女もいつもよりおしゃれをしていた。他の同級生たちは愚かしく見えるのに、由紀ちゃんからはあまりいやな感じがしない。それは、気の持ちようなのだろうか。

「うん、でも後輩に夜勤代わってもらえたの」

「よかったぁ、来てくれて。正直みんな久しぶりすぎて少し居心地悪くて」

彼女と一緒にテーブルについて、高校時代の友人と挨拶を交わしていく。けれど達彦とは近づくこともなく、話す機会もないままだった。このまま終わることを期待しながら、わたしは友人たちと思い出話に花を咲かせた。

その会話は、教室を、先生の口癖を、学食の香りを、放課後の帰り道を浮かび上がらせる。ただどこにも達彦はいなかった。みんなまるで彼だけをくり抜いたみたいに話すから、余計に達彦の存在が浮き彫りになる。わたしはそれに気づいていないふりをし、高校当時の笑顔を取り出して顔に貼りつけた。

「ねぇ玉ちゃん、安藤《あんどう》と三沢《みさわ》さん、ちょっといい感じの空気になってない？　ほら、ちょっと距離近いでしょ」

由紀ちゃんだけはその違和感を感じ取ったのか、あえて恋バナっぽい話を振ってくるので、わたしも自然なトーンで答える。

「え、でもふたりともまだ結婚してるんでしょ」

「今日をきっかけに離婚したりして」

「まさか」

「ありえるよ」

「ふたりともそんな簡単に離婚するキャラじゃないでしょ」

「それ、玉ちゃんが言う?」

由紀ちゃんはそう言って笑った。

「まぁ、なにが起きてもおかしくないよね、人と人だし」

由紀ちゃんがどれだけ絶妙なバランスで話しかけてくれても、やっぱりやりにくい。きっと彼も同じような思いをしている。どうすればわたしたちは、完全に離れることができるんだろう。

二次会のカラオケには行かないつもりだったけれど、「玉ちゃん歌うまかったよねー」「そうそう、久しぶりに聞きたい」「昔より哀愁出ちゃってたりして?」などとおだてられ、断りきれずに幹事についていく。その幹事の隣で達彦は「俺はまだまだ飲むぞー」と誰も聞いていないのに意気込みを表明した。

二十人弱が入る大きな部屋を開けると、染みついたタバコの臭いが鼻をついた。ビールやハイボールの入ったピッチャーがテーブルに並べられ、数人がグラスに注ぐ。幹事が「きりがないから二時間で帰るよ!」と取り仕切る。達彦は学園祭のときと同じく、手伝う素ぶりを見せない。

「一曲目はやっぱり玉ちゃんだよね。なに入れる?」

リモコンを持った友人がそう尋ねたときになって、カラオケに来たのがかなり久しぶりだということに気づいた。自分がなにを歌うべきか全然わからないのだ。それでも周りが急かすので、とりあえず「え、どうしよう、ちあきなおみとか」と言ってみる。すぐに、やっぱりここは高校生の頃に流行っていたアイドルソングなんかにした方がいいよなと思い直したが、友人は「いいじゃん！」とちあきなおみを検索し、リモコンを画面に向けた。

『役者』のイントロが流れると「おいおい、いきなり重いだろ！　もっと盛り上がるやつにしろよ！」と男子の声が飛び、笑い声も聞こえて賑やかな雰囲気になる。しかし最初の歌詞が表示された瞬間に静まっていき、途端に気まずい空気が立ち込める。わたしは顔を引きつらせつつも、とりあえず息を吸って歌い始めた。

——愛の幕切れは　涙の数だけ
あんたの背中に　子守唄——

わたしは達彦を意識しないよう、目を閉じた。それはそれで、感情を込めて歌っているように映っているかもしれない、とまた後悔する。もういっそどうにでもなれ、とやけっぱちで歌う。

——あ～女も淋しい　男も淋しい
抱かれて　抱いて別れを重ねたら——

思い切ると決めてからは気持ちよかった。自分が内側からめくれるようなあの感覚を思い出す。溢れる歌声が空気を揺さぶってわたしはどこまでも遠くに行った気分になる。

歌い終え、おそるおそる部屋を見渡す。感動して泣いている友人もいたけれど、苦笑いを浮かべているクラスメイトの方が多かった。なんともいえない空気に逃げ出したくなる。すると、ドアから何事もなかったかのように達彦が入ってきた。びっくりした。てっきり聞いているものだと思ったけれど、わたしが歌っているときには部屋にいなかったらしい。みんなの視線が彼に集まり、「えっ？　なに？　俺がトイレ行ってる間になんかあった？」とたじろいでいる。そしてマイクを持つわたしを見つけ、「よっ！　お見事！」と口に両手を当てて言い放った。

「聞いてなかったでしょうが」と昔の癖で返すと、その声がマイクを通ってスピーカーから流れ出る。恥ずかしかったけれど空気が和んだのでほっとした。

カラオケはそのままスムーズに再開し、わたしは座って身体を揺らしながら人の歌を聞いた。同級生には一度も結婚していない女子が何人かいて——由紀ちゃんもそうだ——一次会で何度も自虐的に「売れ残りです」などと口にしていたのだけれど、カラオケで歌う姿はとても若々しくて楽しそうで、高校当時のままだった。まるであのときから時間が経ってないような錯覚をする。しかしそんな彼女たちが歌っている曲をわたしはもれなく知らなかった。

達彦を見る。彼はタンバリンを片手に、わたしの知らない歌を口ずさんでいた。今なら彼とは一緒にならないと確信し、喫煙所へ行ってアイコスを口にした。

高校の同窓会だからか、こうしているのもどことなく悪さをしている気になる。達彦のタバコが先生に見つかって停学になったとき、家までプリントを届けに行ったことを思い出した。
そこでも達彦はタバコを吸っていて、わたしが初めてタバコを吸ったのもそのときだった。
「玉美も吸ってみる?」と聞かれ、面白半分で口にすると、思いっきりむせた。彼は笑い、そ
れからさりげなくキスをした。

カラオケを終えても三次会になだれ込もうとする同級生を尻目に、わたしは由紀ちゃんにだ
け別れを告げて駅へと向かった。ホームで電車を待っていると、階段から達彦がやってくる。
思わず目を眇めると、「なんだ、元旦那にその顔は」と彼は言った。
「帰るなら一声かけてくれよ」

達彦の目はぼんやりとしていて、ずいぶんと酔ってるようだった。首のあたりも心なしか赤
い。
「達彦ももう帰るの?」
「あぁ、ちょっと飲みすぎたし、明日大事な会議なんだわ」

それなのに「まだまだ飲むぞー」って言ったのはなんだったの、とは言わない。

「日曜日でも仕事なんだ」

「昔からそうだったろ」

「そうだっけ」

「あのさ」

「うん」

「まりな、元気？」

「元気だと思うよ」

「思うってなに？」

「そんなに顔合わせてるわけじゃないから」

「え、そうなの？　一緒に住んでるのに？」

「大学生だもん」

「大学生ってそんなもん？」

「そうでしょ、わたしだって大学生のときは達彦の家にばっかりいて全然帰らなかったし」

「そうだっけ」

「うん、気になるなら連絡してみれば？」

「なんて？」

「知らないよ」

「あの人とは付き合ってんの？」

「大学の教員？　付き合ってるよ、こないだ紹介された」

「はぁ？　その人と会ったのかよ」

「会ったよ、いけない？」

「そういうことは普通言うだろ」

「言わないでしょ、なんで言わなきゃいけないの」

「だって俺父親だし」

「父親なら自分から聞けばいいじゃない」

「いや、そうだけど」

「西倉さん！」

誰かの呼ぶ声で、わたしたちの会話は止まり、揃って振り向く。呼ばれたのはわたしではなく、達彦だった。

「あ、前の会社の後輩だわ、ごめんちょっとここで待ってて」

そう言って達彦は走っていった。

離婚してからも旧姓を名乗らず西倉の名字のままでいたのは、もちろんまりなのためだった。突然名字が変われば本人も周囲もきっと戸惑う。だったら離婚後も姓は変えずにいく方がいいと思った。今では旧姓よりも西倉の方がしっくりくる。まるで初めから西倉だったように。でも今この瞬間、わたしは西倉でさえない気がして、まるで知らない土地に放り出されたような感じがして、いったいわたしは誰なのだろう。

電車が到着し、扉から人が溢れる。わたしはその勢いに押されそうになって、達彦を見た。彼は「あっ」って顔をしながら、電車の方を指差している。これに乗って、車内で合流しようという意味らしい。それから達彦は前の会社の後輩という人と電車に乗り込んだ。わたしは彼が転職したことを知らない。

*

ゴミ箱から外れたティッシュを拾いにいくと、西日がわたしの顔を眩しく照らした。窓越しの空は雲ひとつない。アイコスを吸おうと思ったけれど、またなくしたことを思い出してうんざりした。昨晩も確認したけれど、もう一度カラオケの忘れ物になかったか電話してみる。やっぱりなかった。諦めて新しいのを買うか。

ベランダに戻って深呼吸する。冷たい空気が肺のなかを満たしていく。この空気を思い切り吐き出そう。昨日よりも上手に笑顔を貼りつけて、遠くを見る。

――悲しみをため息で　いつも塗り換えて
泣くしか出来ない　わたし役者だね――

由紀

玉ちゃんのアイコスが喫煙所に置きっぱなしになっていて、それを見つけた男子から「普段も会ってるなら今度届けてあげてよ」と頼まれた。それなら玉ちゃんが困らないようにすぐに渡してあげたいと思って電話したけど出なくて、まだ間に合うかもと駅まで向かった。

改札を抜けて階段を上ると玉ちゃんはいた。西倉と話している。声をかけようとしたけれど、シリアスな様子でためらう。

同窓会の間はふたりが話しているシーンは見なかったし、なかったと思う。でも今、ふたりで話す玉ちゃんと西倉はやっぱり夫婦で、それ以前は恋人で、学校から手を繋いで帰る高校時代を思い出す。あの頃、「西倉のどこが好きなの？」と聞くと、玉ちゃんは「かっこ悪いところ」とよく言っていた。「なにそれ、変なの」と返したけれど、本当のところ、すごく共感していた。

電車の到着を知らせるアナウンスがホームに流れると同時に、後ろからやってきた人が大声で西倉に声をかけた。彼がふとこっちを振り向いたので、思わず逃げるように背中を向けた。

ゆっくり振り返ると玉ちゃんがひとりでいたので、今こそアイコスを渡すタイミングだった。けれど玉ちゃんが寂しそうな表情をしていたから、わたしはまた声をかけることができなかった。

そうこうしているうちに電車がホームにやってきて、扉が開く。西倉は玉ちゃんに電車に乗るようジェスチャーをし、声をかけた人とともに乗り込んだ。

玉ちゃんは同じ表情でじっと電車を見たまま、全然動かない。

扉の閉まる警告音が鳴る。わたしは咄嗟に電車に乗り込んだ。玉ちゃんが電車に乗らないのを確認して。

進む電車のなかから、ホームに立ち尽くす玉ちゃんを眺める。この感じ、なんか見たことある。あれだ、西倉の部活が終わるのを二階の教室のベランダで待ってる玉ちゃんだ。帰り道に見上げたところにいる玉ちゃんは、なんとも読み取れない表情を浮かべていた。あのときと決定的に違うのは、もう西倉を待っていないということと、とっくに別れているということ。

満員電車に押しつぶされそうになりながら、見える範囲で視線を動かした。この車両に西倉もいるはずだった。

窓ガラスに反射する西倉を見つける。彼は玉ちゃんが乗り込まなかったことに気づいたのか、顔を歪めてスマホをいじっている。きっと連絡しているんだろう。

次の駅でわたしは一度ホームに降りた。人を吐き出した電車は、再び大きく人を吸い込んでいく。わたしは西倉がいたあたりの扉まで移動して乗り込み、ぎゅうぎゅうの車内をどうにか移動していった。

「西倉」

「おう、早川《はやかわ》」

わたしと西倉はかなりの至近距離で、西倉の顎がすぐそこにあった。目を合わせることもできないので、西倉の胸のあたりに向かって話しかける。

「早川もこっち方面だっけ」

「うん」

自宅からどんどん遠くへ運ばれながら、わたしはそう答えた。

「さっき、一緒にいた人は？」

「今降りたよ。ってか、見てたの？」

「うん。玉ちゃんと話してたのも」

「そうか」

「なに話してたの？」

「え？　まぁ、娘のこと」

「まりなちゃん？」

「あぁ。早川はあいつとよく話すの？」

「時々会うよ」

「まりなのことってなんか聞いてる？」

「彼のこと？」

「どんな人だって言ってた？」

「誠実な人だって言ってたよ」

「学生と付き合っておいて誠実って」

「でもちゃんとご挨拶したいって、彼が言ったから会うことになったんだって」

「え、それってまさか、結婚するとかそういう話？」

西倉がわたしを見下ろす。この近さになったのは多分人生で初めてだ。彼の吐息がわたしの顔にかかる。お酒臭い。

「そんなことは言ってなかったかな」

「じゃあ、なんでわざわざ」

「けじめ?」

「はぁ? マジで全然意味わかんねぇ」

軽い言葉を使うと、まだ若かった高校生の頃を思い出す。

「もしばれたら迷惑をかけるかもしれないからって。でもそのときは『自分が教員を辞める』って言いきったらしいよ。だから『ちゃんとしてる』って思ったみたい」

「どこがちゃんとしてるんだよ。玉美は本当に見る目ないなぁ。ってそれじゃ俺もだめか」

西倉が玉ちゃんを玉美って呼ぶことも、高校の頃から変わっていない。

「西倉はまりなちゃんと会ってないの?」

「あぁ、全然会ってない」

これだけ彼と話せているのに、内容は全て西倉家のことで、まるで通訳みたいだ。

「でもすごいよね、成人した子供がいるって。わたしは子供いないから、それだけで尊敬するな」

「結婚もしてないんだっけ?」

彼の熱が胸のあたりから伝わってあったかい。

「してないよ」

電車が揺れる。いっそもたれかかることができたら。そう思うけど、この人の胸から玉ちゃんを感じてしまう。夢見がちなくせにすぐに現実的になる自分にずっと呆れているのに、性格は変えられない。

「ふたりはやり直さないの?」

「はっ?」

西倉が思いのほか大きい声を出したのでびっくりした。

「もうそういう関係って感じじゃないからなぁ」

その言葉を聞いてほっとした自分にもまたいやになる。

「別れて十年以上経ってるしな」

「でも一緒にいた時間の方が長いでしょ?」

「あー、まぁ、そうか」

「わたしはいまだにふたりが一緒にいる気がしちゃうんだよね、それにふたりにはふたりしかいない感じがするっていうか」

「そう?」

車内はむんむんとした人いきれで充満していて、身体にじんわりと汗をかく。

「確かになー。玉美のこと、あんなに愛してたのに。なんで別れちゃうんだろな」

少しはにかんで苦々しく笑う西倉は、わたしの好きな顔だった。でもこの顔はわたしに向けられたものじゃない。

「もう一度愛せばいいじゃん」

玉ちゃんはわたしの友達だ。頭によぎる邪な考えは、いっときの病だし、風邪みたいなものだ。そう思ってとても長い時間が過ぎた。

「いやさ、愛してるんだよ、今でも。ただささ、愛とか気持ちとかで乗り越えられないものがあるんだよなぁ」

西倉が玉ちゃんに告白した日を覚えてる。あれは高校二年生の十月で、体育祭の前日だった。「徒競走で一番になったら付き合ってほしい」と西倉は言って、返事も聞かずにそのまま帰ってしまった。そのとき、わたしは玉ちゃんの隣にいた。もう西倉はいないのに玉ちゃんは「うん」と小さく呟いた。

翌日の順位は二位だった。それでも西倉は何事もなかったかのように告白した。玉ちゃんはそれを受け入れた。わたしは必死に微笑んでそれを見ていた。どこにもわたしの入る隙間はなかった。風がやけに冷たい日だった。

「もう一度愛せばいいじゃん、か。それができたらいいよな」

西倉は背を伸ばせばキスできそうな位置から平然と話している。裏を返せば彼にはその気が全くないということ。

「ふたりが一緒にいるところを見るの、わたし好きだった。だからさっきふたりが話しているのを見て、うれしかった」

西倉と玉ちゃんの交際をずっと応援していた。彼らが早く別れればいいなんて思ったこともなかった。それどころか、ずっと愛し合っていてほしいと願っていた。わたしの入る隙間なんてずっとないまま、繋がっていてほしかった。

「それって、本人にはわからないよ。俺らだって、誰かの景色になるために話していたわけじゃないし」

誰かの景色。そう、ふたりはずっとわたしの景色だった。

「誰かの景色だって思っていたら、もっと優しくなれたりすんのかな」

今、彼と世界にふたりだけのような気分だった。それはささやかな幸せだけれど、やっぱり彼はわたしを見ていない。

電車の速度が緩やかになる。

「うっ」

西倉がふと苦しそうな声を上げる。

「どうしたの?」

「ごめん、俺ちょっとお腹痛くなってきたから、次で一旦降りるわ」

電車が止まり、扉が開く。

「じゃあな」

そう言って彼はさっと電車から降りていった。動き出す車内の窓から、今度は西倉を見る。彼はわたしに手を振ったりせず、そそくさと階段に向かって早足で歩いていた。

用のない駅に連れていかれながら、窓の外の彼を眺める。高校の頃の面影など全然残っていないのに、なんでこんなに新鮮に、あの頃の彼がわたしのなかに残っているんだろう。

ずっと西倉が好きだった。他の人を好きになったこともある。付き合ったこともある。でも西倉なら、という想像が心の奥に居続けている。

——あんなに愛してたのに。

——今も愛してるけど、もう一度愛することができたらいい。

西倉はそう言った。わたしは愛せなくなったらいいと思う。こんなのどっかに行ってしまえば、もっと楽になれるのにと。

次の駅で降りることにした。そこは初めて来たところで、改札を出るとしなびた落ち葉がさらさらと風に集められている。人は誰もいなかった。

玉ちゃんが忘れたアイコスを取り出し、見よう見まねでそれを口にしてみたけど、むせてしまった。それでも無理してもう一度吸ってみる。次はすんなりと煙が身体に入ってきた。

玉ちゃんから、折り返しの電話がかかってくる。わたしは、「ごめん、間違い電話」と言って切った。

再びアイコスを吸って息を吐き、さっき玉ちゃんが歌っていた曲を歌った。

——幸福を想い出と　いつも引き換えに
泣くしか出来ない　わたし役者だね——

今わたしが誰かの景色なら、その役目はきっと可哀想な女だ。あからさまに孤独な、ひとり寂しい不幸な存在。でも本当のわたしはそうじゃない。今日の思い出がわたしを幸せにする。この先もずっと。わたしは、わたしの景色のなかで幸せになる。

インニョン

玉美

玄関のドアを開けた途端の電話だった。震えるスマホに焦らされながら電気をつけ、バッグとスーパーの袋を置いて画面を見る。

仕事の電話じゃなくてほっとしたのも束の間、相手のタイミングの悪さにいらいらする。

「もしもし」

『おぉ』

そっちから電話かけてきたくせに、なんで驚いてんの。

スマホを耳と肩で挟んで、「なに?」と答え、脱いだコートをハンガーにかける。そのまま風呂場に行って蛇口をひねり、浴槽にお湯をためる。

達彦の声は水の音でかき消され、聞き取れない。リビングに戻り、「もう一回言って」と伝えると、彼は『だから、まりなのこと』とはっきりした口調で言った。

「まりながどうしたの?」

『大丈夫か?』

「なにが」

アイコスを取り出す。セットしたが電源がつかない。会社で充電したつもりだったが、うまくできていなかったみたいだ。

『就活、してないんだって?』

「もう二十歳超えてるんだから、自分のことは自分でするでしょ」

『そういう話、しないの?』

「あの子の人生なんだから自由にさせてるの。相談されてるわけでもないんだし、なにが問題なのよ」

アイコスの充電器をケーブルに繋ぐ。二、三分待てば一本分はなんとかなる。

『まりな、今家にいる?』

「いないんじゃない?」

『じゃない、じゃなくてさ』

まりなー、とリビングで大声を出す。誰の声もしない。

「いないっぽい」

『連絡は?』

まりなのLINEを見る。最後のメッセージは三日前だった。立ち上がって、まりなの部屋を覗きにいく。部屋は暗い。

「来てない」

『来てないって……なぁ玉美、もう少し』

達彦はそこまで言って話をやめる。それから言い直して、『もう十時だぞ』と続けた。

「まだ十時。大学四年生なんだから朝帰りしても不思議じゃない。そうだったでしょ、わたしたちだっていちいち親に連絡なんか――」

テレビの電源を切るみたいに、唐突に言葉を止める。やっと家に帰ってきたのに、昔のことなんて思い出したくない。

『でも明日はさ――』

PCを開いて、メールを確認する。社員への一斉メール。

タイトルは『台風十三号による影響、および出社に関して』。繁忙期のため、電車が止まっていなければなるべく出社願いたい。そのほかに要返信のメールが三通あった。
二、三分が長い。我慢できず、冷蔵庫から缶チューハイを取り出す。
「会社に来いって言うくらいなんだから、大したことないんでしょ」

『え？　明日会社なのか？』

「そうなんだって」

『ブラックな会社だな』

プルタブを立てると、炭酸の弾ける音が響く。

『今「はしもと」って店で飲んでてさ。まりなはちょこちょここの店に来てるみたいなんだよ。大将も話したりするらしいんだけど、なんていうか、みんな心配しててさ』

あんたも外で飲んでんじゃねぇか。

「みんなって誰」

缶チューハイが喉を通りすぎる。レモンの風味が鼻から抜けて、いくらか気分が和らぐ。

『それは、まぁ、色々と』

アイコスが充電完了を知らせる。ホルダーを充電器から取り出し、ヒートスティックをセットする。

『まりなと最後に話したのはいつ?』

「さぁ。覚えてない」

『連絡は?』

「三日前にＬＩＮＥが来てる。ってかなに?　わたしなんか責められてる?」

普段アイコスを吸うときはリビングに面したベランダまで出るようにしている。煙をいやがるまりなに配慮してのことだった。しかし今はそこまで歩くのもめんどくさい。

『三日前!?　ちょっと待て、最後に顔を合わせたのは?』

温められたタバコの煙が身体に満ちる。吐き出した息の色は薄く、天井からぶら下がった照明に絡みつく。

「いい加減にしてよ」

『え？』

「そんなに知りたいなら直接連絡すればいいじゃない。話せばいいじゃない」

『それは、母親としてのお前の立場を尊重しているから』

「都合のいいフレーズ。リスク背負いたくないだけでしょ」

『いや俺は本当に』

「逃げてんのはどっちよ」

アイコスのホルダーが振動する。残り二口。

わたしはなにに怒ってるんだっけ。

吸い終えると眠るように、アイコスは止まった。まだ物足りないが、もう充電を待ちたくない。

『……玉美？』

部屋がかすかに曇っている。やっぱりベランダに出ればよかった。

おもむろに立ち上がり、窓を開ける。雨が闇夜に斜線を引き、それらをまるごとさらった風が、わたしの身体を通り抜けて室内へと入り込む。テーブルに積まれたチラシは水分を含みながら床に散らばり、そのままぴたりと貼りついた。風は落ち着くことなく、部屋のなかで暴れている。

『言い方が悪かったよ、ごめん。ただ俺は――』

「もういいから」

わたしは電話を切った。身体がじんわり濡れている。

酔って頭がぼんやりする。ソファに再び座り、テレビをつけた。「明日、関東を直撃すると見られる台風十三号。台風にはアジア名というのがあり、今回は『インニョン』だそうですが、これは香港の言葉で」。台風の深刻さとは裏腹に、ニュースキャスターはやや微笑んでそう話す。

達彦

ツー、ツー、と音が繰り返され、「うまくいきませんね」と言うと、波定さんは空になったおちょこの縁を撫で、「そうね」と言った。

「うまくいかないから、終われないのかもね」

大将が蕎麦を茹でながら、「結局、まりなちゃんの行方はわからずか。奥さん、ちゃんと面倒見てるのか？」と言った。

「うちのガキが連絡もせずに帰ってこない日なんてあったら、俺が怒る前に母ちゃんがブチ切れだけどな」

「あんまり悪く言わないでくださいよ。あいつがまりなを育ててくれたのは間違いないんですから」

すぅ、という寝息が聞こえる。飲みに連れてきた後輩は、いつのまにか潰れて寝ていた。

今日は安い居酒屋でひとり飲みするつもりだったが、後輩に「相談があるんで飲みに連れてってください」と頼まれ、ちょっと格好つけなきゃと『はしもと』を予約した。店は珍しく空いており、客は波定テツ子だけだった。

　プライベートを邪魔しないよう、カウンターの逆側に腰掛ける。ここに来ているのは噂で聞いていたが、本人を目の前にしたのは初めてだった。カウンターの端で日本酒に口をつける彼女につい目を奪われそうになり、意識を逸らそうとメニューを手に取る。するとおしぼりを置いた大将が、「この人、まりなちゃんのパパなんですよ」と波定さんに話しかけた。

「あら、まりなちゃんの」

　娘をご存知なんですか、と尋ねる前に「『茜放浪物語』からずっと大好きです」とうっかり告白してしまう。酒を飲む前から顔が赤くなるが、彼女は慣れた様子で「ありがとうね」と笑った。

　俺と後輩がビールで乾杯すると、波定さんも一緒におちょこを掲げた。

「娘とはどういう?」

　尋ねると波定さんが小さい身体を椅子から下ろし、おちょこを両手で持って俺の隣にやってくる。

「よくこの店で会うのよ」

「えっ、まりなはひとりでもここに来てるんですか」

「ええ。よく来てるわよね、橋本さん」

「月に一、二回は。たっちゃんより常連かもな」

最後にまりなと会ったのは、この店に連れてきた二年前だった。あのときも格好をつけようとして、ここを予約した。

「支払い、できてるんですか」

「まりなちゃんはみんなに愛されてるからね、なんだかんだでおごってもらってるよ。あ、でもたっちゃんにツケてる分もあるぞ」

「誰と来てるんですか」

横から「男に決まってるじゃない」と波定さんが口を挟み、意味ありげに白い髪を耳にかける。

「教えてください、まりなのこと」

大将と波定さんから聞くまりなの話はどれも突拍子もないものばかりだった。後輩は「めちゃくちゃ面白い娘さんですね」と笑っていたがどれも自分の子供のこととは思えず、聞けば聞くほどやきもきし、酒を飲まずにいられなかった。ビールはいつしか日本酒になり、後輩は面白がって自分と俺のおちょこに酒を注ぎ続けた。

「だけど、最近来てないね。忙しいのかな」

大将が言うと、頬の赤くなった後輩が「でも大学四年のこの時期だったら内定決まってるでしょ？　自分は遊びほうけてましたよ」と答える。

「先輩、まりなちゃんって就活どうしてるんですか？」

「聞いてない。最近連絡してないし」

「あら、私はまりなちゃん就活してないって聞いたわよ。うちの甥っ子から」

後輩が「まじっすか、なんでですか」と俺と波定さんの顔を交互に見て言った。

「さぁね。まりなちゃんからすれば、就活する方が変わってるんじゃないかしら」

いみわかんねー、と後輩が宙に言って、日本酒を呷る。

「そういえば甥っ子も連絡取れないって言ってたわ。大丈夫かしら。お父さん、ちょっと電話かけてみたら？」

言われた通りにしたが、まりなは出なかった。そうみんなに伝えると、大将が「じゃあ、家にいるかもよ。明日台風だし、早く帰ってるだろ」と言った。

「え？　台風？」

台風のことをそのときになって初めて知った俺に全員が驚き、波定さんには「本当にまりなちゃんのパパ？」と疑われた。

「実家暮らしでしょ？　奥さんに電話してみたら？」

波定さんにはさっきから小馬鹿にされているので、少しくらいしっかりしたところを見せたかった。

勢いに任せて電話をかける。かけるたび、もしかしたら番号変わってるかも、とドキドキしてしまう。コール音が聞こえて安心するのもそろそろやめにしたい。

彼女は長い間出なかった。もう切ろうと思った瞬間、『もしもし』と聞こえてびっくりする。

玉美の対応はそっけなかった。それに話せば話すほど機嫌が悪くなっていく。『そんなに知りたいなら直接連絡すればいいじゃない。話せばいいじゃない』。電話をした、と返せばきっと『なに勝手なことしてんの』と彼女は怒るだろう。「母親としてのお前の立場を尊重しているから」。迷ったあげくそう答えたがだめだった。取りつく島もない。離婚間際を思い出して辛くなる。やっぱりうかつに連絡しない方がいい。そう思うのに、つい質問に質問を重ねてしまう。最後は唐突に切られ、結局なにも聞き出すことができなかった。

気づけば後輩はカウンターに頭を置き、瞼を閉じている。こんなに酔えることが羨ましい。彼の残した日本酒をもらったが、それでもまだ酔いそうになかった。

飲み終えると、波定さんはそっと自分の日本酒を俺のおちょこに注ぐ。

「気になってるのね、奥さんのこと」

「いえ、そんなことは」

「今から行ってきなさいよ」

「なんで俺が」

「別に不思議じゃないでしょ。元夫、娘のパパ」

「だけど、一応他人の家ですし、機嫌も最悪でしたし。家に上げてくれませんよ。それに」

「それに?」

「他に男いるかもしれませんしね」

気を紛らわせようと、後輩を揺すってみる。「おーい、相談があったんじゃないのかー」。起きる気配は全くない。

「台風のこともあるからそろそろ店を閉めようと思うんだが」

大将にそう言われ、改めて後輩を起こすがやはりだめだった。しょうがないのでタクシーで送っていく。住所を確認しようと財布から免許証を取り出すと、以前まりなを迎えに行った場所の近くだった。

「波定さん」

「なに？」

「ちなみにですけど、もし家に寄ったら、なんて言うべきですかね」

波定さんは少し考えたのち、「今日はいい天気じゃないの」と言った。

「いやいや、どこがですか」

「そうじゃなくて、都合のいい天気」

後輩を無事送り終え、玉美のマンションに寄る。

もし出なかったらすぐに引き返せばいい。男が出たら、事情を説明して帰ろう。そう思ってチャイムを鳴らしたが、玉美は出なかった。

どこかほっとしつつも諦めて踵を返したその瞬間、濡れた地面に足を滑らせ、思わずドアノブを掴む。するとドアノブがくるっと回って一瞬ドアが開いた。と同時に、勢いのある風が廊下に流れ出る。

まるで錯覚かと思うほどあっというまの出来事だった。確認するように改めてドアノブをひねり、ゆっくりと引く。やはり鍵はかけられていなかった。

しかし、だからなんなんだ。鍵が開いているからといって、入っていいわけじゃない。なかに玉美がいて出てこないのなら、なおさら入ってはいけないはずだ。

ただ、奥から聞こえる水の音が気になった。シャワーでも浴びてるのだろうか。そのときになって、床が水浸しになっているのに気づいた。

電話の様子を思い出し、慌ててなかに飛び込む。まさか――心拍数が一気に上がっていく。覚悟して風呂場のドアを開けた。誰もいない浴槽からお湯が溢れている。ぐったりしている玉美を想像していたので、あまりの安堵に思わず屈み込んでしまう。大きく深呼吸して蛇口を閉め、玉美を探す。

彼女はリビングのソファでだらしなく寝ていた。ベランダから雨風が入り込んでいて、こっちもびしょびしょだ。窓を閉め、玉美の肩を揺する。玉美はすぐに目を覚ましたが、俺の顔を見るなり大きな悲鳴を上げた。そのホラー映画さながらの表情にこっちも驚いてしまい、今度はしっかりと転んだ。

「なんで」

「台風で帰れなくなった」

波定さんのアドバイス通りに答えたつもりだったが、玉美は吐き捨てるように「意味わかんない」と言い、身体を起こした。そして水浸しの床に気づき、「なにこれ」と足を上げる。

「あぁ、窓開けて寝ちゃったからか」

げんなりした表情を浮かべる彼女に、「違うよ」と声をかける。

「風呂場、お湯出っ放しだった」

「マジ？　そっか、そうだったかも」

俺みたいなことすんなよ、と言おうとしたら「あんたみたいなことしてしまった」と先に言われ、こっちもげんなりしてしまう。

「とりあえず拭くぞ。早くしないと、下に浸水するかもしれない」

玉美はびちゃびちゃの床をつま先立ちで歩き、タオルやぞうきんを取りにいった。濡れた靴下とズボンを脱いでいると、タオルを抱えて戻ってきた玉美が苦い顔を浮かべる。「誰のせいだよ」という当てつけには答えず、無言でタオルの山をダイニングテーブルに置いた。なるべく大きなバスタオルを手に取り、床に薄く張った水を拭き取っていく。

テレビと台風のおかげで、沈黙の耐え難さに苛まれることはなかった。それでもぼんやりと漂う気まずさはあって落ち着かず、つい部屋のいたるところに視線を泳がせてしまう。それに気づいた玉美が「あんまり見ないでよ」と冷たく言い放った。

「なんだろう、この家来たの初めてなのに、そんな感じしないな」

玉美が無視するので、また居心地が悪くなる。今は片づけに集中するべきだと思い、タオルで水を吸っていく。するとダイニングテーブルの下を拭いていた玉美が、天板の裏を見上げて「なにこれ」と呟いた。

同じように覗き込むと、そこにはカラフルなフェルトペンで描かれた落書きがあった。猫や犬、人や花が、無秩序に広がっている。まるでなんとか帝国の洞窟で発見された壁画みたいだった。

「もしかして、知ってた？」

「忘れてたよ、ずいぶん前のことだし」

けれど描いたときのことは覚えてる。俺とまりなが一緒になってやった。


当時まりなを私立の小学校に入れるため、玉美は奮闘していた。俺は公立でも問題ないと思っていたが、彼女は「その後の人生が変わるから」と必死だった。しかしお受験はことのほか大変で、玉美は日に日に疲弊していった。

まりなが彼女を励ましたいと言ってきたのは、受験の二週間前だった。案があるのか尋ねると、「テーブルの裏に絵を描くの」とまりなは言った。今となれば玉美が激高することくらいわかりそうなのに、彼女のアイデアに賛同し、ダイニングテーブルをひっくり返した。

天板裏のキャンバスにまりなは迷うことなく、絵を描いていく。彼女がペンのキャップを開けたまま次々に色を変えるので、俺はそれを閉めていった。「動物が多いね」と尋ねると「このマンション、ペット飼っちゃだめだからね」と顔をくしゃくしゃにして言った。

「ママ喜んでくれるかな」

「もちろんだよ」

そう言いながら玉美を待ったが、帰ってきた彼女はいつにも増してとても声をかけられる状態じゃなかった。いつもきれいに分けられている前髪は、うつろな目を覆うように垂れ下がっていた。彼女は「ただいま」も言わないまま寝室へ行き、そのまま出てこなかった。

「パパ、ママに声かけてきて」

「なんて?」

「そんなの自分で考えてよ。ママはわたしよりパパの方が好きなんだから」

寝室のドアを開けると玉美は顔を押さえて泣いていた。「どうした?」と聞いたが、返事はなかった。玉美のバッグからは本がはみ出ていた。子宮筋腫に関する本だった。一緒に入っていたクリアファイルには病院の診断書があった。

玉美の背中に触れる。人のものとは思えないほど熱かったが、気にせず擦った。自分にできることが、それくらいしか思いつかなかった。だけど玉美は拒んだ。「ひとりにして」。錆びた鉄を引っかいたような声だった。

俺は静かに寝室を出た。そして目の前にいたまりなをぎゅっと抱きしめた。

まりなが落書きしたテーブルは六人掛けだった。

「子供が四人までいけるな。俺たちまだ若いし」「産むのわたしだから」「じゃあ三人か」「勝手だなぁもう。でも悪くないね、賑やかな家庭」「俺たちふたりともひとりっ子だからかな、そういうの憧れるよな」「ひとりは寂しかったもんね」「ああ、本当に」。そんなことを言いながら選んだテーブルだった。

「言い出せないまま、今日まで経っちゃったな」

「忘れてたんでしょ。あんたもまりなも」

「まぁ、そうだな」

子宮筋腫は手術で無事摘出できた。妊娠もできないことはなかった。だけど俺たちは元通りにならず、どんどんズレていった。まりながお受験に失敗したのも、そうなる理由のひとつだったかもしれない。言い合いができたうちはまだよかった。やがて無駄な労力を避けようとお互いから逃げ、会話はなくなった。そんな両親をどうにか取り持とうと幼いまりなは気を遣ったが、俺たちはその思いを知っていながらも、どうすることもできなかった。そのたびにまりなは深く沈み込んだ。このままでは誰も幸せにならないと玉美は離婚を切り出し、俺は頷いて離婚届にサインをした。


水を吸って重くなったタオルを洗濯機へ運ぶと、片づけは一通り終わった。床はまだ湿っていたが、大きな問題はなさそうだ。あー、と伸びをすると、玉美が「ほら」とぶっきらぼうにビールを差し出した。

玉美

ビールを渡すと達彦は「優しいじゃん」とにやにやと笑みを浮かべる。それを無視すると「なぁ、俺がはけるズボンとかないかなぁ。スウェットとか」と足をブラブラさせた。

「ないよ」

「なんで」

「なんであるのよ」

「ふーん」

達彦の含みのある顔が、本当にうっとうしい。だけどここまで手伝ってくれたから、無理やり帰すのも悪い。台風だし。

ベランダの窓はがたがたと揺れ、時折雨がびしゃっと打ち付けた。

「まりなのこと」

達彦が急に大人っぽい顔をする。四十半ばだから当然大人なのに、わたしのなかの彼はいつまで経っても高校生くらいで止まっているみたいで、こういう顔をされると途端によそよそしくなってしまう。

「ごめんな」

責められると思っていたので、肩透かしをくらった。

「まりなとずっと一緒にいる玉美に、言えることなんてないよな」

そう言って天井を見上げるように、ビールを口にする。

「そんなことないでしょ」

わたしもテーブルに置きっぱなしにしていた缶チューハイの残りを飲む。炭酸が抜けて、ぬるくて、甘ったるい。

「落書きのこと知らなかったわけだし。それぞれの目線で、まりなを見守ればいいよ」

なんとなくばつが悪く、テレビのチャンネルを変える。達彦の「そうだな」という声が台風速報に重なった。

「あんまり話してないのか?」

「聞かない限り自分のことを話さない子だからね、前から。就活のことは聞いても教えてくれないし。よく言うのよ。『今は知らなくちゃいけないことがある』って」

「なにを知りたいんだ」

「教えてくれないの」

「帰ってきてはいるんだろ?」

「わたしもずっと忙しくて、このところ顔合わせてない。だけど、帰ってこない日も連絡してくれてた」

「てた、って」

「すれ違ってるだけかと思ってたけど、多分帰ってきてない。もしかしたら三日以上」

胸の奥がざわっとして、ごまかすようにまた缶チューハイを飲む。すると風で窓ががたっと揺れ、わたしはきゅっと身を縮めた。

「三日はさすがにな」

達彦は指先で自分の目頭を摘まみ、しばらくの間俯いた。

「なぁ、あいつなんだっけ、大学の教員の彼」

「忠さん？」

「そんな名前だったっけ。明日になっても連絡ないようなら、彼に連絡して。それでだめなら、俺の方でも探してみる」

急にてきぱきと喋る達彦を見て、会社ではきっとこっちの顔なんだろうと思う。なんだかんだで仕事ができるのは、彼の周りの人からもよく聞いていた。だけどちっともイメージできなくて、別人の話を聞いているみたいだった。

今になってそれを知るなんて、なんだかな。

「わかった」

床は以前よりもきれいになっていた。

「なぁ、まりなの部屋ってどこ？」

達彦の顔が元に戻る。

「そこだけど」

指差すと、達彦は歩いていって遠慮なくドアを開けた。「ちょっと」と引き留めたが「なんだよ、いいだろ親なんだから」と言って、なかに入っていく。

「すぐ出てよ。わたしだって勝手に入ったら怒られるんだから」

「へー、こんな感じか」と見回した。それからまりなの本棚に顔を寄せ、確認するように見ていく。

「『愛するということ』、ねぇ。なんだか立派になっちゃったなぁ」

ズボンもはかずにそんなことを言っている彼が間抜けで、わたしはつい笑ってしまった。

「なぁ」

「なによ」

「やり直すか？」

「馬鹿じゃないの」

「だよな」

「そうだよ」

それから達彦は何事もなかったようにまた部屋を観察する。ごまかそうとしているのがバレバレで、こんなにわかりやすかったっけと昔を思い出してみる。

脳裏に浮かぶ彼は、どれも全く変わっていなかった。ずっと簡単な人だったのに、ややこしくさせたのはきっとわたしだ。だからやっぱり、別れてよかったんだ。

まりなの部屋を物色する達彦を、「いい加減にしてよ」とたしなめる。だけど彼は言うことを聞かず、隅にあった青いケースを手に取った。

「うわ、懐かしい」

達彦は無邪気にそれを開ける。出てきたのはまりなが小学生の頃に使っていたピアニカだった。

「なんでこんなの取ってんの？」

「知らないよ」

それから達彦は躊躇なくピアニカを吹いた。「やめなよ！」と止めても、「なんで」と言って聞かない。

「父親なんだからいいだろ、別に使っても」

達彦は口にくわえながらそう言った。

「だめでしょ、ピアニカはアウトでしょ」

「そうか？　拭けばいいだろ」

「最悪」

「最近、仲間とバンドやろうって言っててさ。キーボード練習してんだよ」

そう言って彼は右手でピアニカを弾き始めた。

「やめてよこんな時間に。近所迷惑でしょ」

「台風でわかりっこないよ」

上手なのか下手なのかわからないピアニカを彼は気持ちよさそうに吹く。達彦が弾いたのは、ECHOESの『ZOO』だった。わたしたちが高校のときによく聞いていた曲だ。ふとブレーメンの音楽隊が頭に浮かぶ。だけどそれだとわたしが泥棒みたいじゃないかと思い直す。「ほら玉美、お前も歌えよ」。達彦が吹きながら器用に話す。「いやだよ、意味わかんない」「いいから歌えって、お前歌うまいんだからさ」。

台風は勢いを増していく。不規則なリズムで風が鳴り、激しい雨音が近くで聞こえる。壁に映る達彦の影は、踊るように揺れていた。その隣の影も口を動かしている。首を動かしながら歌うそれはまるで鶏のようで、滑稽だけど、悪くはなかった。

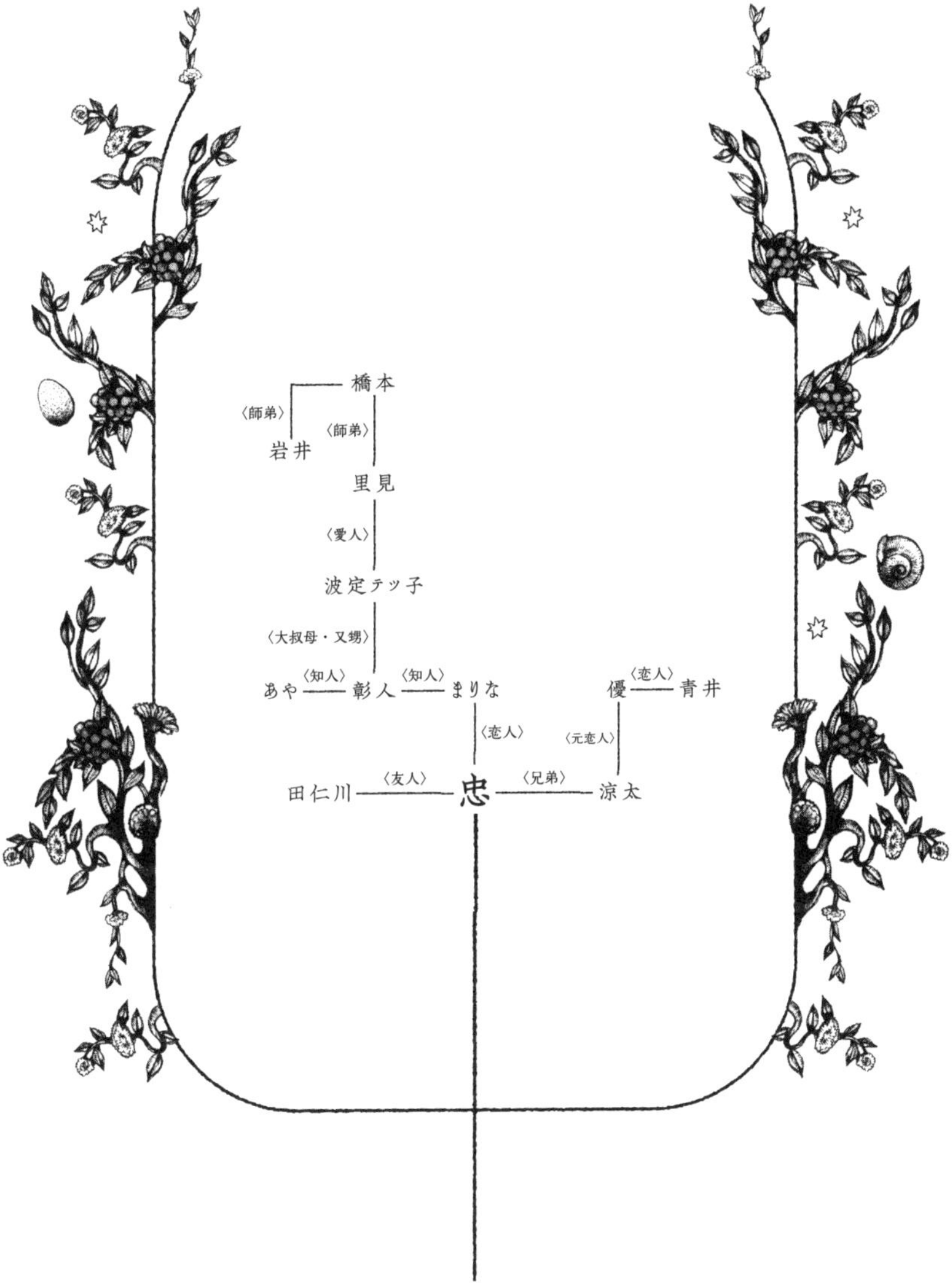

橋本
〈師弟〉
岩井
〈師弟〉
里見
〈愛人〉
波定テツ子
〈大叔母・又甥〉
あや
〈知人〉
彰人
〈知人〉
まりな
優
〈恋人〉
青井
〈恋人〉
〈元恋人〉
田仁川
〈友人〉
忠
〈兄弟〉
涼太

5　砂の城

肉うどん二百八十円。たまには違うものにしてみようかと思っても、無意識にそのボタンを押してしまう。

変わらないものがあるというのは、ありがたかった。学食のうどんをよすがにしてしまう自分の弱り具合に幻滅するも、食券機から吐き出される小さな紙の温かさは優しかった。

天井から『麺類』というプレートがぶら下がる列を目指す。昼休みになったばかりなのに、すでに二十人近くが並んでいた。学食にはうっすらと有線がかかっているが、学生たちの喧騒で聞こえない。

「柏原先生」

振り向くと、一年後輩の岸淵《きしぶち》先生が担々麺三百九十円のチケットを持って立っていた。

「いつ戻ったんですか?」

「今朝だよ」

「ご苦労様です」

岸淵はそれから俺の耳元に口を寄せ、「ちょっと話あるんですけど、相席してもいいですか?」と言った。昼休憩ぐらいゆっくりしたかったが、しかたなく「あぁ」と返事をする。

それぞれ食事を受け取り、席を探す。昼時の学食はひとりの席を確保するのも大変なのに、二席を見つけるのはかなり困難だった。ぐるりと一周したところで運良くふたり組の学生が立ち上がったので、同じように席を探す学生たちを横目に大人気なく身体を滑り込ませる。

先に話をするかと思ったが、岸淵は当たり前のように「いただきます」と言った。麺が伸びるのをいやがる気持ちはわかるものの、ずいぶんな余裕だ。自分も麺をすする。肉うどんはおいしくて退屈な味だった。

五分も経たないうちに食事を終えると、岸淵は「コーヒー買ってきます。ブラックですよね？」と席を立った。

待っている間、ひとりの学生に「先生」と声をかけられた。反応すると、彼女は耳元で「あの、最近西倉まりなと連絡してますか？」と囁いた。

「え？」

反射的にそう声を上げてしまい、ごまかすように腕時計に目をやる。俺たちの関係は誰にも口外していないはずだが、どこかから漏れたか。

学生が「ゼミにも出てないですよね？」と続ける。「ここ数日連絡取れなくて。彼女、先生のクラスは割と真面目に参加していたから」。

彼女が耳元で話したのは、全てを知っているからかと思ったが、学食の騒がしさで声がかき消されないようにそうしただけだったらしい。

「いや、なにも知らないよ。一週間ほど出張に行っていてゼミも休講していたし」

今朝、まりなの母親からも行方を尋ねるメールがあった。気まぐれなまりなのことだからそれほど心配していないが、広島からかけた電話にも折り返しがない。

「彼女のこと、わかったら教えて」

「はい。では失礼します」

その子は深々と礼をし、去っていった。どこかで見た子だが思い出せない。学生の手には図書館で借りたと思われる脚本に関する書籍が数冊あった。

岸淵は戻ってくるなり缶コーヒーを差し出し、「先生はどうするんですか」と言った。

「希望退職の件?」

「ええ」

この景澤女子大学が希望退職を募り始めたのは夏休みが明けてすぐだった。うまく寄付金が集まらず、大学の経営は厳しくなる一方というのは学生でさえ知るところではあったが、いざ人件費削減の気配が漂うとそれまで他人ごとのように思っていた教員たちも落ち着きをなくした。一部では、社会学部と文学部の統合説まで出ており、それでもうまくいかなければ、他大学と合併するとまで言われている。希望退職者優遇制度は間違いなくその予兆だった。現実になるのはまだ先だとしても、大学側が人員を削減したがっているのは明らかだ。

「俺は今のところ考えてない」

「でも来年になったら、退職金出ないかもしれませんよ」

「だからってすぐには決断できないよ。次の仕事も考えていないし、ゼミの学生を中途半端に放り出せない」

「じゃあクビになってもいいんですか?」

「いいわけないだろ」

「そうですよね。でもその可能性もなくはない。そこで、これを読んでください」

岸淵は細い目をさらに細め、落ち着きなく周囲を見回した。それから小さく頷き、バッグから一枚の紙を取り出した。

見出しは『景澤女子大学の希望退職に関する情報開示の請願書』とあり、受け入れてもらえない場合は抗議及びストライキも辞さないと記載されていた。岸淵は下の方にある空欄を指差している。

「ここに署名してくれませんか」

「ずいぶんと過激だな」

缶コーヒーのプルタブを開けると、数滴が跳ねてテーブルに飛んだ。

「だっておかしいでしょ、理由を明かさずに希望退職を募るなんて。色々な噂があるのは絶対にわかっているはずなのに、見て見ぬふりしっぱなし。これじゃ、学生も教員も不安でしかたありませんよ。大学側は現状と今後の経営方針を公にするべきなんです」

「だからってストライキまで考えるのはどうかと思う。犠牲になるのは学生たちだ」

岸淵は軽く咳をして、居住まいを正した。

「確かに、一時的に振り回すことになるかもしれません。だけどこのような状態の大学で学ばせて本当にいいのでしょうか。噂に振り回されて退職を決めた教員を何人か知っています。彼らはみんな優秀なので、すでに他大学への転職が決まっているそうです。そうやって流出していくことで、最終的に不利益を被るのは学生たちなんです。長期的な目線で見たら、学生たちを守ることに繋がる。僕はそう信じています。経済ばかりを優先したときに最もないがしろにされるのはいつも教育です。ここはなにがなんでも闘うべきなんです」

彼の顔には興奮が色濃く滲んでおり、それを感じれば感じるほど間抜けに見える。

「気持ちはわかるけど、そこまで大袈裟にしなくてもいいんじゃないか。口頭で抗議すれば」

「もちろんしましたよ。でも詳しいことはまだ言えないの一点張りで」

「だとしたら、俺が署名したところで変わらないよ」

「そんなことありません。柏原先生は教授たちや幹部とも親しくされている印象があるし、後輩や学生からの信頼も厚い。署名してくれたらさらに人も集まりますし、団結力も強まる。大学側と交渉できる可能性が一気に増すと思うんです」

「買いかぶりすぎだよ」

「柏原先生は大学の〝中の人〟なんです。その自覚を持って、正しい道を選んでください」

そう言って彼が請願書を差し出す。説得の余地はなさそうだ。ため息が出そうになったので慌てて押し殺すと、口に残っていた出汁の香りが抜ける。

「考えておくよ」

気色ばむ岸淵に自己陶酔の気配を感じ、これ以上は無理だと席を立つ。そして薄汚れたテーブルから請願書を取り上げ、小さく折り畳んでポケットに入れた。その間、視界の隅で岸淵も立ち上がってお辞儀をするのが見えたが、はっきりとは見ないようにした。その光景が目に焼きつくのは避けたかった。

外に出ると、太陽の光が地面に跳ね返って目に飛び込む。あまりの眩しさに俯き、足早に教員室へ向かう。食堂の生ぬるい空気は悪くなかった。ずっとあそこにいられたらと思った矢先、チャイムが鳴った。

午後のゼミにも、まりなはいなかった。


講義を終えるなり、急いで病院へ戻る。

——戻る。病院が拠点になっているという感覚がいつのまにか染みついた。横たわる涼太の横に腰掛け、「ただいま」と呟くのもすっかり習慣だった。

「お前だったらどうするよ」

反応がない人間に対していると、だんだんと鏡に向かって話しているような気になる。独り言とはまた違う、分裂した自分に話すようなこの感覚は気味が悪く、酩酊しているみたいだ。

「教授に言われるまま動いて大学に残るか。それとも署名するか。署名するってことはつまり、辞めるってことになるんだろうけど」

病室の窓から差し込む陽光はまもなく消え入りそうだった。

話を聞いたのは三日前のことだ。一週間前から教授とともに各地のシンポジウムに参加していて、その日は広島で講演も行った。無事に終えて帰り支度をしていると、教授に夕食に誘われた。あまり社交的な人ではなく、これまでも声をかけられたことがなかったので少し不思議に思ったが、うれしさが勝った。

そこで大学側の経営状況を説明され、一方で岸淵含む数名の教員たちにいやな動きがあると聞かされた。「柏原くん、私はね、君のことを評価しているんだ。絶対にクビにはさせない。ただ、間違っても請願書の署名活動は参加するな。サインをした教員たちのその後の立場はかなり弱くなるからね。大学側はそこも見越して彼らを野放しにしているんだよ」

岸淵たちのなかに内通者がいるんだろう。彼よりも教授から聞いた話の方が詳細だった。

「頼むよ」

教授の話しぶりは講演のときとは違って頼りなく、どこか自分の無力さを嘆いているようだった。

——それでいいの?

横たわる弟からそう聞こえる。

「さぁ。だからお前に聞いてんだよ。俺はなにがしたいんだって」

人はいとも簡単に体制側にのみ込まれる。そのことを追究したくて社会学を選んだはずだった。正しさは常に手の内にあるようでいともたやすく指先から零れ落ちてしまう。

——お金になる方を選んだらいいじゃん。

涼太ならそう言うだろう。あいつの価値基準はよく知っているつもりだ。だから成功してきた。

「まぁな。俺が稼がなかったら、お前は死ぬしな」

涼太はなにも答えない。

「来てたのか」

病室のドアに目をやると父が立っていた。

「そっちこそ」

「どうなるかわからんからな。なるべく来れるときは、な」

ジャンパーを脱いで隣に座った父からは、実家と店の混じった匂いがした。

俺たちは涼太を眺めながら、どちらからともなく昨晩の台風について話し始めた。大型ではあったが目立った被害などは報道されておらず、今日の晴天は台風をすでに過去のものとしていた。しかし父の知り合いには家屋が損壊した人や、今年収穫する野菜が全てだめになった農家の人などがいるようで、「厄介なもんだ」と眉間の皺に手を当てて言った。

「で、お前はどうなんだ」

「順調だよ」

「そうか、それはよかった」

父の眉間の皺は緩んだが、浅くなっても消えることはなかった。

「クリーニング屋でよかったな」

軽口のつもりでそう言ったが、父は「うちは年中台風みたいなもんだ」と吐き捨てるように返した。

実家の売り上げがかんばしくないのは大学と同じで、だいたい想像がつく。経済が冷え込んでいるときに服をきれいにしようとする人は少ない。

「そろそろ畳もうと思ってんだ」

父は呟きながら無精髭を擦った。

「お前らが継ぐわけでもないし、別にかまわんだろう」

お前ら、という言い方は父なりの優しさなのか、配慮なのか、それとも希望的観測なのか。どれにせよ、残酷だった。そして自分だってきつい状況なのに台風被害者への心痛が先にくるあたりが、父らしかった。

「畳んでどうするんだよ。まだ年金は期待できないだろ」

「涼太が送ってくれた仕送りを貯めてある。こいつの治療代でずいぶんと減ってはいるが、次を考えるくらいの時間は持ってくれるはずだ」

涼太の状態は一向によくならなかった。このような植物状態のことを遷延性意識障害と言うのだと涼太の入院時に初めて知った。父にそれを伝えると「大学に勤めていても知らないことはあるのか」と笑った。父の笑顔を見たのはあれが最後だったが、あれは本当に笑顔だったのかは、今となってはわからない。

「母さんは？」

「母さんは残してほしいみたいだ。ずっと働いてきた場所だから思い入れがあるんだろう。もちろん俺もあるけどな。これぱっかりは」

聞きたかったのは店のことではなかった。おそらく父は母が俺に頻繁にメールを送っているのを知らない。

初めはそれほどでもなかった。涼太と話したい、涼太との思い出がたくさん浮かぶ、涼太が目を覚ましたら手料理を食べさせたい、あの子が好きだった麻婆茄子を作ろうと思うんだけど忠はどう思う。そんな文章が小まめに送られてくる程度だった。しかしだんだんと、メールは母の日記のようになっていった。今日こんなことがあったとか、天気がどうだとか、父と喧嘩したとか、涼太と関係ない内容が増え、しかもだんだんとそのメールに嘘が交じるようになった。それでもなるべく返信するようにしていたが、「いつも話を聞いてくれてありがとうね、チュウシンさん」という一通に自分の限界を越えた。

冗談だったのだろう。忠という字が読めないふりをして、かまってもらいたかっただけだ。きっとそんなふうにふざけることでしか、母は自分自身を保てなかった。

けれど俺ももう無理だった。弟のことだけで冷静ではいられないのに、変に甘える母の面倒まで見ることはできなかった。手のひらには弟と母のふたりから与えられた痛みだけが残っていた。

母のメールは『いつか』というフォルダに転送されるように設定し、通知も来ないようにした。いつか自分に余裕ができたら、あるいは母がもとに戻ったらまとめて読もう。あれから二ヶ月、まだ『いつか』のフォルダは開いていない。

母が父の前で変わらず過ごしているとは思えなかった。しかし父も俺と同じなのだろう。母の現実を直視できずに、きっといつも通り振る舞い続けている。

父はなにもない壁を見てぽつりと、「生きていけるやつは、どうにかしてでも生きなきゃならんだろ」と言った。短い髪の奥にある頭皮には大きなシミがいくつもあった。

「すっかり諦めムードだな」

俺は父の分まで目に留めておこうと、涼太の顔に近づいた。

「お前はいつまで耐えられる。いつまで持つ。いつまでこいつをここに置いておける計算なんだ」

精神が折れるか、経済状況が崩れるか。涼太本人を含む家族全員の財布を集めて治療費を捻出してきた。しかしそれも時間の問題だ。俺の給料でしのげるのもあとわずかだった。

担当医ははっきりとは言わないものの、治療中止も選択肢にあると示唆した。

「いっそ死んでたら」

「親父」

思いのほか大きい声が出てしまい、通りかかった看護師が「大丈夫ですか」とドアを開けた。父はよそゆきの顔をして、「なんでもありませんから」と返事をする。

「俺だってな、わかってるんだよ。そういう考えが頭によぎるたびに自分をぶん殴りたくなる。でもよぎっちまうものは、どうにもならないんだよな」

天井を見上げて話す父の物言いは、妙に冷静だった。

「自分のなかで浮かんでくる思いを潰すだけで、俺はもういっぱいいっぱいだ」

父は小さく息を吸って、「俺は顔も心も皺だらけだ。クリーニング屋失格だな」と口角を上げた。

「忠、頼むぞ。こいつの分まで」

覚悟を決めたような態度が許せず、再び「親父」とたしなめる。

「また看護師が来ちゃまずいからな、先帰るわ」

父はそうはぐらかし、「じゃあな」とジャンパーに袖を通しながら病室を出た。

涼太を見る。なにも変わっていない。こんな会話が目の前で起きても変わらずにいられることを羨ましく思う。

涼太、と呼ぶ。何度も繰り返し呼んでみる。りょうた。リョウタ。音は一緒だけど頭に浮かぶ文字を変えて呼ぶ。そうしているうちに言葉は意味を失い、ただの音になった。乾いたそれは壁に跳ね返って自分の耳に戻る。

落ち葉やゴミが隅に溜まる歩道を、トランクを引いて歩いていく。ごつごつとした路面の感触が直接手に届き、痺れにも似たこの感覚はわずかに気を紛らわせてくれた。

今日二度目のただいまにも返事はなかった。

ダイニングテーブルには見覚えのない形で本が重なっていた。まりなの仕業だ。出張中にうちにいたことは、彼女の母親に伝えておくべきだろう。

ゼミの課題をやっていたのかと思ったが、積み重なった本は無関係のものばかりだった。そのほかに、郵便物もあった。彼女がポストから勝手に取り出したのだろう。どれも封を切られており、そのうちのひとつに大きめの茶封筒があった。送り主は大学の同級生の田仁川《たにがわ》だ。そういえば、面白いものを送ったというメールが来ていた。

中身を取り出すと、田仁川の主催するオンラインサロンのチラシが入っていた。自己啓発系のようで、田仁川のポートレイトの背景には「愛と経営」という文字がでかでかとプリントされていた。なにより、友人をこんなマルチ商法のようなものに誘うなんて、あいつも落ちるところまで落ちた。こんないかがわしいサロンに俺が興味を持つと思われたことが解せない。

チラシの他にも手紙が一枚封入されていた。

――今こういう仕事やってるんだが手伝ってくれねーか。うちのスタッフだけではうまく回ってなくて、柏原がいてくれたら助かるなと思ったんだわ。大学で社会学を教えてるってだけで会員やスタッフからも信頼されやすいだろうし。給料は最低でも月八十万は出す。結果が出ればもっとだ。いい額だろ？　それくらい人気のサロンなんだよ。

田仁川は大学四年のときに従兄弟とモバイルゲーム制作会社を立ち上げ、三年で八億にまで市場価値を高めた。のちに一部上場のＩＴ系企業にバイアウトし、従兄弟とともに売却先の子会社の役員として働いたが、ふたりは経営方針を理由に仲違いし、派閥争いに負けた田仁川は会社から追い出されることとなった。その後田仁川は世界を転々とし、帰国後は投資家を名乗ってあらゆる事業に手を出している。あまりいい噂は聞かない。それでも彼の奔放ぶりは見ていて清々しく、話も面白かった。オンラインサロンが人気というのはおそらく嘘ではないだろう。
しかし仕事で関わる相手ではない。ましてや「愛と経営」と恥ずかしげもなく言ってのけるサロンなんてもってのほかだ。
本棚に本を戻し、チラシをゴミ箱に捨て、持ち帰った仕事に取りかかるためデスクに向かう。仕事はずいぶんと残っていた。
キーボードに触れると、電源も入れていないのに突然画面が明るくなった。使い終えたあとは必ず電源を切っているはずなのに、スリープ状態だったということは——。しかしなぜパスワードを知っている。盗み見でもされたか。
ＰＣの画面にはメールが表示されていた。
違和感に肌が粟立つ。『いつか』というフォルダの横に表示されていたはずの未読の数字が消えている。フォルダをクリックすると百件以上あったはずのメールは全て既読になっており、加えて信じられなかったのはそれらに全て返信していたことだった。
——たすわんが食べきれないのよね。ハサミで切ってもだめで
——あー、たくわんって切れにくいもんな、繊維が強靭
——信号の紫は、寝たらいいのかね
——寝たらだめだろ。それは茶色

——毎日五時に市役所から聞こえる曲、道場六寒郎のだよね？

——アントニオ猪木じゃなかった？

母のメールにまりなは息子のフリをして返信している。しばらくはそのように続いていたが、母はあるとき気づいたようで、「あんた誰？　チュウシンさんじゃないね」とまりなに送っていた。

——すごっ、やっぱりわかるの？
——わかるよ、当たり前でしょ
——涼太だよ
——違うね、涼太でもない
——さすが
——誰でもいいけど、忠は無事なの？
——今広島にいるよ
——生きてればいいのよ、生きてれば
生き生きとした母の息遣いが文章から伝わり、次第に会話がまともになっていく。

——そういやね、昔お父さんが撮ったホームビデオ、ちょっとずつスキャンしてるのよ。できたものから、あなたにも送るわね。

その次のメールには動画が添付されていて、「どうして私はここにいなかったのかしら」とメッセージがついていた。ダウンロードをすると、すでに保存済みだという表示が現れる。

ざらついた映像に映る俺と涼太。十六ミリで撮ったその映像を、見るに堪えず一度停止した。冷蔵庫から発泡酒を取り出し、一気に半分ほど飲み干す。デスクに戻り、再生を押す。

ふたりの少年が遊んでいる砂場には見覚えがある。マンションの隣にあった公園だ。彼らは城を作っているようで、試行錯誤しながら湿った土を集めては押し固めていく。カメラを握る父は「もっと右のところを整えた方がいい」とか「高さがあった方がいい」とか口を挟むが、ふたりは反応せず黙々と作業していた。でこぼこながらもどうにか様になっていく。城のてっぺんはオレンジがかった空を見上げているようだった。

「できた!」

涼太はカメラに向かって叫んだ。

「じゃあ、次は道を作ろ!」

俺は涼太に向かって叫んだ。

ふたりはシャベルで城の周りを掘っていき、次に城の土台を両側からトンネルのようにくり抜いていく。途中からはシャベルではなく手で掻き出し、やがてふたりの手が触れた。俺が手のひらをくすぐったのだろう、涼太は悶絶していたが、城を崩さないように腕だけは動かさない。涼太の顔にクローズアップした父の零れるような笑い声が聞こえた。

道が繋がっているのを確認すると、ふたりはバケツに水を汲んで「せーの！」と流した。水路を流れていく水が太陽の光を反射し、レンズにハレーションが映る。ふたりがハイタッチをすると、手についていた砂が涼太の目に入り、彼は瞼をぎゅっと閉じる。その瞬間、城は崩れた。まるで涼太の瞬きがスイッチを押したようなタイミングだった。それでも城の上部はまだ形を保っている。父の手は固まり、じっとそれを眺めるふたりが画面の隅に映っていた。

「涼太、次はなにする？　俺は山を作りたい」

俺の声は優しかった。

涼太はそれには答えず、その城の上に飛び込んだ。そして何度も城を踏み潰した。がぉー、と叫びながら、しつこいぐらい足を踏み鳴らした。蹴散らした泥でズボンがびしょびしょになっても、父が「もういいだろ」とたしなめても、決してやめようとはしない。最後には立ち尽くす俺の足下に寝転がり、仰向けでもがくように暴れた。

父はカメラをベンチに置いた。涼太のもとへ向かう父の背中は若く、大きく膨らんでいた。父は涼太を無理やり起こし、「いい加減にしろ」と怒鳴った。

「もう飽きた、帰る」

そう呟いた涼太の頭を父ははたき、カメラを取りに戻る。映像はそこで終わった。

どうして私はここにいなかったのかしら。母の言葉が胸の内側に吸いつく。もう一度、最後の部分を再生する。俺が崩したんだと言わんばかりの咆哮が憎らしい。あいつはこういうやり方しか知らない。

母は抱きしめたかったに違いない。涼太と同じくらいズボンの裾を濡らして。今ここにいる俺も同じ思いだ。しかしあの場にいた自分はなにもしなかった。

ゴミ箱からチラシを拾う。折れた跡を手のひらで伸ばしながら、何度も再建される城を思った。何度怪獣に踏み潰されても、同じように築かれる城。やがて怪獣も飽きるだろう。帰っていくだろう。その後ろ姿を、城の窓から涼太とふたりで見送ることができたら。

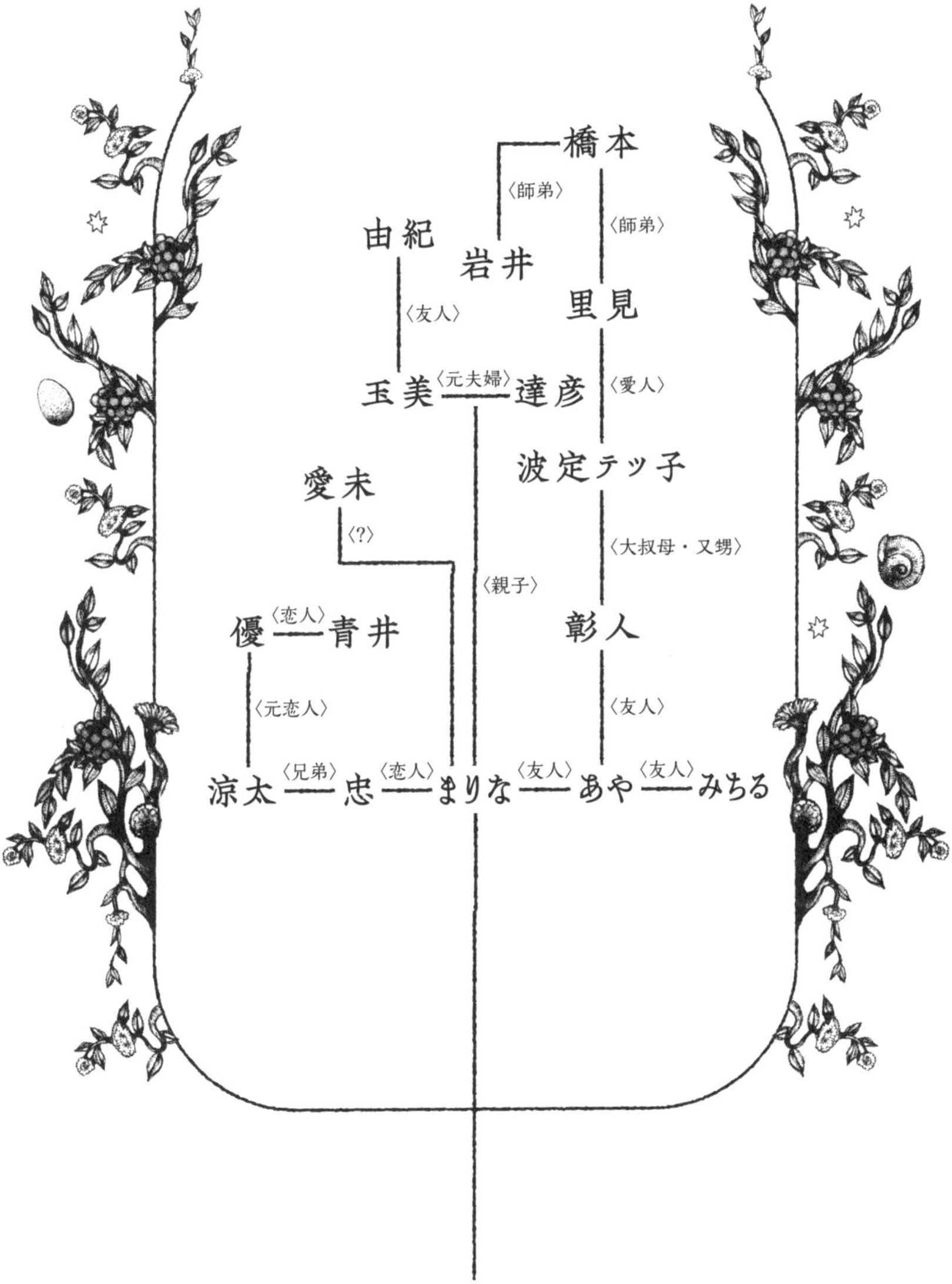
橋本
〈師弟〉
〈師弟〉
由紀
岩井
〈友人〉
里見
玉美
〈元夫婦〉
達彦
〈愛人〉
波定テツ子
愛未
〈?〉
〈大叔母・又甥〉
〈親子〉
優
〈恋人〉
青井
彰人
〈元恋人〉
〈友人〉
涼太
〈兄弟〉
忠
〈恋人〉
まりな
〈友人〉
あや
〈友人〉
みちる

6　愛のようなもの

まりな

愛が多すぎる。

初めは耳からだった。ママがわたしの顔の横で歌う「愛」という歌詞。ママによって身体に染みついたその「あい」という語感は、テレビからも頻繁に流れてきた。音楽番組ではたくさんの歌手がその言葉を歌い、ドラマでも「愛してる」というセリフが頻出した。「愛は地球を救う」というテーマの長時間番組や「愛の劇場」という昼ドラの枠もあった。やがて五十音を覚えたとき、最初の二文字がそれから始まるのにも驚いた。

パパはよく「まりなはパパとママが愛し合って生まれたんだ。だからまりなは『愛のかたち』なんだよ」と言った。ママはそれを聞いて優しい顔で頷いていた。

そんなママは、わたしのお受験が迫るにつれてどんどん元気をなくしていった。どうにかママを励まそうと思って、テーブルの裏に森に集まる動物の絵を描いた。けれどママは部屋に閉じ込もったまま出てこなくなった。パパの慰めもうまくいかず、ふたりの仲はその日を境に悪くなっていった。

ふたりの関係が良くないのも悲しかったけれど、なにより恐れていたのは、「愛のかたち」が崩れてしまう、ということだった。わたしはどうなるのだろう。引き裂かれてしまうのか、歪んでしまうのか、はたまた溶けてしまうのか。死、というものを初めて考えたのもこのときだった。

以来愛のことで頭がいっぱいで、小学校の受験当日も試験そっちのけで愛について考え込んでしまった。そして不合格が引き金となり、両親は離婚した。

あぁ、わたしは死ぬんだ。

でも当然そうはならなかった。それどころか両親の愛など関係ないという様子で、身体はどんどん大きくなっていった。

そして自分の考えは間違っていたのだと気づく。だって自分が愛のかたちだとしたら、全ての人も誰かの愛のかたちだ。ならばこの地球上の人間の数だけ、愛がなくちゃおかしい。だけど世界はそうではない。

ママはパパがいなくなると仕事を始めた。あとから知ったのだけれど、おばあちゃんからの援助を断っていたらしい。自分ひとりで頑張ると決めたママは、忙しさのあまりわたしを抱きしめなくなった。

一方で、ママの鼻歌は増えた。

——愛を下さい
ママは特に気持ちを込めるわけでもなく、ただ淡々とそう歌う。

まだ幼くて働くこともできないわたしは、せめてママが求めるものをあげたいと思った。そうすればママはもっと楽になるかもしれないし、抱きしめてくれるかもしれない。しかし、わからないものをあげることはできなかった。

だからまず、直接ママに聞いた。「愛ってなに？」。

「そんなこと聞かないでよ。わたしにわかるわけないじゃない」

ママはこっちを見ずにそう言った。

愛とは欲しがっている人すらわからないものらしい。なら、わたしが見つける。

まず小学校の先生たちに愛がなにかを尋ねて回った。しかし皆「人間の大事なものだよ」とか「誰かを思う気持ちだよ」とか「きれいで温かいものだよ」とか、そういう漠然とした答えを言うばかりで、わたしが求めるものではなかった。もっと具体的で、明確な答えを知りたかった。先生によっては「そんなこと考えて偉いね」などと言って頭を撫でてきたりするし、一度は心配されてママを呼び出されそうになった。しかたなく「だって歌詞に愛って出てくる歌、多いでしょ？　なんなのか知りたくて」と言い足した。その人は音楽の先生だった。先生は「あぁ」と少し宙を仰ぎ「使い勝手がいいんじゃないかな」と言った。

「日本語ってリズムが出にくい言語なんだよ。だから歌いやすいフレーズってのが決まってくるんだよね。『あい』ってのもそのひとつ。それにほら、子音がないから発声しやすいでしょ」

先生はそれから大きく口を開けて「あーいー」と大声で言って笑った。

「声に出すと気持ちいいんだよ」

その夜、ベッドの脇に置いてあるペンギンのギンちゃんに、「あーいー」と言ってみた。まあまあ悪くない。試しに次は「うーそー」と口にした。あまり変わらない気もする。

先生たちも愛をよくわかっていない。その曖昧さは好奇心をさらにくすぐった。

小学五年生になると、初めて恋をした。

クラス替えの最初は必ず五十音の席順になる。つい「あい」を探してしまう癖があるわたしは、最前の左端、相川《あいかわ》君の方を見ていた。すると前の中林《なかばやし》君が振り返って「西倉、相川のこと好きなの?」と言った。その顔は近くて、口から甘いのに苦い匂いがした。びっくりして言葉を返せなかった。すると、「そうなんでしょ」と彼は言った。振り絞るように「違うよ」とだけ言う。

「今は違うかもしれないけど、いつか好きになるかもしれないよね」

その夜、中林君の近い顔が脳にぴたりと貼りついて離れなかった。浅黒い肌にしっかりした眉と大きな瞳、少し低い鼻と薄くて淡い唇——その顔は小さいときに読んでいた童話に出てくる犬のイラストにそっくりだった。

中林君のことばかり考えてしまうから、わたしは彼を好きになったらしい。

しかし好きは、愛なのだろうか。

中林君のことをしばらく思いのままに感じてみる。頭に浮かんだときは、無理に離そうとせず、かといって無理に留めようともしない。自分の気持ちがどう動くのか、わたしはわたしの心を観察した。

学校で彼が違うクラスメイトと話していると少し寂しかったし、なぜか機嫌が悪くなったりもした。愛には嫉妬がつき物だと聞いたことがある。少しずつ愛に近づいているのかもしれない。彼を目で追っている間、胸が温かくなる心地よさがあり、音楽の先生が言った愛という語感の気持ちよさともどこか通じる気がした。

中林君はそんな思いをよそに「相川とはどうなの？」とからかう。けれどなにも言い返せない。わたしはいつも頭のなかだけで饒舌だった。中林君の口からまた甘くて苦い匂いがする。

放課後ママとスーパーに寄ると、中林君もママと買い物をしていた。きれいな髪をゆるくまとめ上げた中林君のママのシャツは、皺が少しもない。ママ同士がお喋りを始めると、中林君はわたしの腕を引っ張ってお菓子売り場に連れていった。

「これ、おすすめだよ」

教えてくれたのはコーヒースカッチのキャンディだった。それはとても大人なデザインで、あんまり好みじゃない。だけど中林君の誘いを断りたくなくて、ママにお願いして買ってもらった。

月が雲から顔を出したり隠れたりする空の下で、ドキドキしながら包みを開けた。コーヒーも飲んだことのないのに、おいしいと思えるだろうか。おそるおそる口に含むとやっぱり甘くて苦い。それでも中林君の匂いを感じたくて、鼻から思い切り息を吐く。鼻先が視界の下で膨らむ。これが、おいしいのかまずいのかわからなかった。ただ新しい予感だけは胸の内に広がって、ほんの少し愛に触れたような気がした。

中林君とはそれからよく話すようになった。同じ地元の中学校に進学し、しばらくして中林君に告白された。そのとき、愛を確信した。好きな人から好きだと言われる喜びは、間違いなく愛だった。

ついに愛が完成する。これでようやくママに愛をあげられる。

わたしはママが帰宅するなり言った。

「愛を手に入れたよ」

しかしママは鼻で笑って「なに馬鹿なこと言ってんの。そんな簡単に手に入れられたら苦労しないよ」とバスルームに行く。

わたしは彼女を可哀想だと思った。もう自分が欲しいものさえ信じることができない。一度愛を失うと、ママのようになってしまうのだろうか。

そうなりたくない。だから中林君に何度も「愛してる」と言った。彼も「愛してる」と言ってくれる。高校生になるまでに、キスもセックスもした。もうわたしのかたちは大人と一緒だ。

やがてわたしたちは別々の高校に進むことになったが、そんなことは大した問題ではなかった。どんな距離や時間も愛さえあれば乗り越えられる。

しかし思いとは裏腹に、連絡する頻度は減っていった。高校生活の忙しさからか、中林君のことを考える時間も少なくなる。それは向こうも同じようで、付き合っているのかいないのかわからないような状態がしばらく続いた。

それでも愛の存在は疑わなかった。むしろ愛は深みを増しているのだと思っていた。勘違いだとわかったのは、彼から「別れよう」とメールが来たときだった。

五年近く一緒にいたにもかかわらず、たった四文字で片づけようとした彼の真意はわからなかった。まるで知らない外国語を読んでいる気分になり、返す気にもなれなくて、メールをそのままにした。その三日後、中林君は死んだ。

友達とバイクでふたり乗りしていたら、タイヤが滑って事故に遭ったらしい。それを聞いたわたしはよくわからなくなってしまい、信じるとか信じないとかでもなく、驚くことさえもできなかった。まるで時間が止まったみたいになにも考えられなかったが、お葬式の日はやってきた。

葬儀場に行ってもなお、中林君がもういないとは思えなかった。彼との関係を知る人は、わたしを見るなりなんとも言えない表情をする。しかし中林君のママだけは違う顔を向けた。まるで同志を見るような目で頷き、無言で悲しみを分かち合おうとする。その瞼はすでにひどく腫れ上がっていた。「このたびは、あの」と口を開くと、彼女は思いを汲み取るように無理やり口角を上げ、「ありがとね」とかすれた声で言った。

葬儀の最中、中林君のママの嗚咽が式場に響いた。その間、中林君のことなど考えず、彼女に目を凝らした。きれいだった髪はひどく乾燥していた。親族や友人が彼女の背中を擦る。彼女の引きつるような声は、いつまでも僧侶のお経にかぶさっていた。

帰宅するとようやく涙が溢れた。しかしそれは中林君が亡くなったからではない。わたしは彼のママのように泣けなかった。彼女のように悲しめなかった。

本当に中林君を愛してたのだろうか。

日が暮れて暗くなった部屋のベッドの上で、はたと気づく。あれは愛ではなく、愛のようなものだったのだと。そして世界に溢れている愛もまた、愛のようなものなのだと。わたしはそこら中の大人と同じ、愛ではないものを愛とごまかしている、たわいもない人間——。

部屋から出ると、夕食の準備をするママと目が合う。しかし彼女はなにも言わず、そのまま料理を続けた。

——そんな簡単に手に入れられたら苦労しないよ。

ママの言葉が思い起こされ、また部屋に戻った。

その日から図書館に通った。自分ひとりで考えるには限界だった。

愛にまつわる本を探しては次々に読んでいく。くだらないものも多かったが、ある一冊の本との出会いが、わたしを鋭いもので貫いた。

エーリッヒ・フロムの『愛するということ』の冒頭にはこうあった。

——愛というものは、その人の成熟の度合いに関わりなく誰もが簡単に浸れるような感情ではない

そしてフロムは愛の技術の習練についてこう語る。

——愛することは個人的な経験であり、自分で経験する以外にそれを経験する方法はない。

愛するという技術を身につけるためには、経験、つまり行動が必要だとフロムは言う。その言葉で目が覚めた。

いるべきは図書館ではない。もっと愛のために経験し、技術を磨かなくてはいけない。

その足でパパの会社に向かった。受付で名前を言うと、パパは慌てた様子でやってくる。そのお腹は前より膨らんでいて、窮屈そうにシャツに張りを作っていた。

「急にどうしたんだ?」

「ちょっと話したくなったの。今って仕事、大丈夫?」

「大丈夫。まりなより大事な仕事なんてないよ」

パパはそう言って照れ臭そうに笑った。

喫茶店に入り、窓際の席に座る。パパは少し緊張していたのか、注文したコーヒーをすぐに飲み干し、それからは何度も水をおかわりしていた。

気恥ずかしさを紛らわすようにどうでもいい話をちょっとだけして、おそるおそる聞く。

「ねぇ、愛ってなんだと思う?」

「わざわざ心理テストをするために来たの?」

パパは眉を寄せたけれど、わたしが否定すると真剣な表情に切り替えた。

「会いたいって思うことかな」

パパはゆっくり言った。

「会いたい、顔が見たい。愛してない人にはそんなこと思わないだろ。俺はまりなに会いたいもん」

「わたしのこと愛してる?」

「当たり前じゃないか!」

そう声を張り上げたパパは、なぜかうれしそうだった。

会いたい。今、中林君に会いたかった。もう、会えないと知ってから、ずっと。でも付き合っていたときは会おうとしなかった。やっぱり愛していなかった? でも今は愛してる? 愛は増えたり減ったりするの?

中林君のことを話すと、パパは元カレの話と知ってあからさまに戸惑った。それでもわたしは彼との出会いや思い出、そして事故について赤裸々に話した。最後まで話を聞いたパパの目尻は濡れていた。

「どうして泣いてるの?」

「だって悲しいだろ」

「なんで? 会ったこともないのに」

パパは「それもそうだな」とはにかみ、「でも悲しいよ」と続けた。

「人が亡くなるのは悲しいし、まりなの大事な人が亡くなるのはもっと悲しい。それでまりなが悲しむのも、悲しい。悲しいことしかないよ」

ママとパパの対照的な反応に、また整理がつかなくなる。ふたりは一緒にいたのに、どうしてこうも違うのだろう。

「ありがとう、またね」

「また気軽に連絡してよ。パパはいつだってまりなに会いたいから」

「わたしがお酒飲めるようになったらね」

「そんなに先か」

事実、パパと再会したのは二十歳になったときだった。

パパと『はしもと』に行ったとき、近くのテーブルで一組の男女が食事をしていた。ふたりは初対面のようで、最初はよそよそしかったが、なにかをきっかけに砕け、笑い合っていた。

彼らを見ても思う。人に触れること、それが愛に達する一番の近道だと。

しかしそれは簡単なことではなかった。フロムの影響で社会心理学を専攻した大学では、友達ができなかった。物事をはっきりとしたがる自分の性格に紐づいてか、どうやらわたしの口調はきついらしい。そのせいで誰とも距離を縮めることができなかった。寛容でいようと心がけても、癖づいたものはなかなか変えられない。

どうにかコミュニケーションを取ろうと、お酒やタバコも始めた。飲み会や喫煙所、イベントなんかに参加していれば、より多くの人と触れ合える。けれど無作為に人と会ったところで意味がないと気づいたのは、二年生の終わる春休みにクラブで遊んでいたときだった。

フロアで踊っていると、知らない男性に声をかけられた。彼はほんの少しだけ中林君に似ていた。興味を持ったわたしが会話を続けようとすると、彼は言った。「今からホテルに行かない？」。とてつもない虚無感に襲われ、逃げるようにクラブをあとにした。

しばらく放心し、なんとはなしに大学へ向かった。ベンチに座り、タバコを吸う。そんな自分がママのように思え、また途方に暮れた。

ふと横を見ると、クラスメイトのあやがいた。彼女のことはあまり知らないが、天真爛漫を絵に描いたような人という印象だった。しかしこのときのあやは違った。虚ろな表情でくたびれたぬいぐるみを抱えていて、精神的な危うさを醸していた。

話しかけない方がいいと、本能的に思う。しかし、フロムを愛するもうひとりのわたしが、言葉を奮い起こす。

――人は意識のうえでは愛されないことを恐れているが、ほんとうは、無意識のなかで、愛することを恐れているのである。

愛するということは、なんの保証もないのに行動を起こすことであり、こちらが愛せばきっと相手の心にも愛が生まれるだろうという希望に、全面的に自分をゆだねることである。愛とは信念の行為であり、わずかな信念しかもっていない人は、わずかしか愛することができない。

恐れるもんか。

あやに声をかける。彼女は戸惑っていたが、質問に答えた。あやはみちるというぬいぐるみと会話ができるという。理解しようと努めていると、血で赤くなった腕が目に入った。あやはとてもまずい状態なのかもしれない。血はみちるにもついていた。

トイレで腕とみちるを洗い、ベンチに戻ったあとも、彼女の話に耳を傾けた。

あやが胸の内を語るたび、わたしはみちるに苛立った。君はなにしていたの？　会話できるんだよね？　友達なんだよね？

「こんなわたしの居場所なんて世界中のどこにもないようなふうに思えてきて」

どれだけ彼女がぬいぐるみを愛しても、ぬいぐるみはあやを愛さない。それに、あやの愛はきっと偽物で、愛じゃない。わたしは偽物の愛を愛だと勘違いしている人も許せない。

とはいえ、その日のわたしもどうかしていた。でなければ、人のぬいぐるみを燃やそうとなんてしない。

校内のゴミ箱から、紙切れを拾って火をつけて戻す。あっというまに炎は燃え広がり、まるで護摩行のようだった。

彼女の愛を試したかった。愛なら愛だと証明してほしかった。何年も追い求めている愛のかたちを、否定できるなら否定してほしかった。

あやとみちるを奪い合ううちに、みちるは自ら飛び込むように、ゴミ箱に吸い込まれていく。

ほらどうするの、あや。あなたの愛が燃えてしまうよ。

あやは火のなかに飛び込むに違いない。そうしなければみちるは助からない。

その姿を見せてほしかった。だけど彼女はただ膝をついてむせび泣くだけだった。

中林君のママの泣く姿が重なる。いなくなった人に愛はもう伝わらない。

あや、みちるを愛してるなら助けなよ。泣いてたって変わらないよ。あなたがやらないなら——。

ゴミ箱を蹴飛ばし、火のなかに飛び込んでみちるを救い出す。そして追ってくる警備員からふたりで逃げる。そのとき、あのコーヒースカッチの匂いがした。桜並木を走り抜けるわたしたちは、どこまでも行ける気がする。そして先に、完全な愛が待ち受けている予感がした。

＊

わたしは万能感に満たされていた。あやを家まで送り届ける間も、心は弾んでいた。けれどひとりで帰路についたとき、またあの虚しさが押し寄せた。

ママの待つあの家に帰りたくなかった。かといって、どこにも行く当てはなかった。だからなんとはなしに大学へと戻っていた。歩きながら、中林君を思う。こんなとき彼がいてくれたら。バイクで迎えに来てくれたら。

愛を待ってはいけない。愛には能動的に向き合わなくてはいけない。——それでも直情的な寂しさは、理性ではどうにもならなかった。

忠さんが声をかけてきたとき、本当に中林君が現れたのだと思った。

彼はあやとの一連の流れを見ていた。にもかかわらず責める様子もなく、車で送り届けると申し出た。

助手席のドアを開けてシートに身体を預けると疲れが上がってきて、頭が霞む。

「名前は？」

「西倉まりな」

それ以外の質問に答えられる気力は、残っていなかった。

彼は自分の家へ連れていき、紅茶を淹れてくれた。透き通った褐色がとてもきれいだった。優しい香りをずっと感じていたくて、それを飲むことができなかった。

忠さんはわたしが黙っていても、なにかを求めたり、急かしたりするようなことはしなかった。ただ寄り添い、受け入れてくれた。結局彼の家では一言も会話をせず、そこをあとにした。今なら帰れそうだと思った。ママに会っても愛のかけらはなくならないと信じることができた。

数日後、わたしとあやは大学の職員たちに呼び出された。案の定ボヤ騒ぎの話で、率直にわたしたちが犯人かと問われた。黙るあやの横で、わたしは忠さんが密告したのではないかと考えていた。心当たりのある目撃者は彼しかいない。すると防犯カメラの映像から発覚した、とその場のひとりが言った。

「それだけですか？」

職員に尋ねる。

「わたしたちが犯人だと思われたのは、防犯カメラの映像だけが理由ですか？」

「あぁ、そうだ」

「わたしがやりました」

退学を覚悟して自白したが、職員は「特に被害はなかったので厳重注意で済ませる、以後気をつけるように。ただ保護者には伝えさせてもらう」と事務的に言った。

ママはこの件を聞いても、興味なさげに「面倒を起こさないでよ」と言うだけだった。愛の反対は憎しみではなく、無関心だとマザー・テレサは言ったが、その通りだ。

しかしわたしはまだ忠さんを疑っていた。本当に告げ口していない保証はない。防犯カメラを理由にしておけば、彼が逆恨みを買うリスクはない。

真偽を確かめるため、三年になったら柏原忠のゼミに参加すると決めた。ゼミ生は面接で選ぶらしいので、その前に忠さんの家を訪ねた。

告げ口の真偽を尋ねると、忠さんは否定した。しかしそれも嘘かもしれない。ならば彼の人間性を知って見極める。

「ゼミ生の選考、わたしを落としたら柏原先生に無理やり家に連れていかれたと大学に言います」

ゼミ生となってからも、頻繁に彼の家を訪ねた。そして狙い通り、関係はゼミ生と教員という立場を遥かに逸脱していった。

忠さんにも愛の質問をした。彼は言う。「わからない。でも僕にはきっと関係のないものだ」。

忠さんは愛というものを諦めていた。愛があるから人間はややこしい。愛があるから傷つく。愛がなければ、人類は先に進めるんじゃないか。彼はそんなことを口にした。

愛は、愛が生まれると信じるところから始まる。それに彼のなかに愛を生むことができれば、わたしのなかにも本物の愛があるという証明にもなる。

彼にキスをした。彼は突き放したりしなかった。なぜか受け入れ、包み込む。もしかしたら彼も彼でわたしを面白がり、観察していたのかもしれない。

この特殊な関係は、ほとんど付き合っているといっても過言ではなかったけれど、どちらも言葉にはしなかった。そうしない不鮮明さが、わたしたちをわたしたちたらしめていた。

忠さんの弟の涼太さんが事故で意識不明になったのは、そんな矢先だった。アジサイを食べてぼんやりした状態の彼は道路に飛び出して、車と衝突した。中林君のことがよぎる。彼は即死だったが、涼太さんはまだ生きている。

このことで忠さんは変わった。わたしを大事にし、特別に扱うようになった。「愛してる」と言うこともあったし、母に挨拶に行き、「真剣に交際していますので、どうかご理解をいただけたら」とも言った。

彼のなかに愛が芽生え始めている。しかしそれはわたしが愛した結果ではなく、弟の事故による副産物だった。真正面から向き合ってきたわたしの愛の努力より、そこにはいない人の一瞬の事故が愛を生む――。

わたしには愛の才能がないのかもしれない。愛はスポーツや学習のように、技術の習練が必要なのだとして、そこには才能という要素も重要なのではないか。またもざわめきが胸を埋め尽くす。

――重要なのは自分自身の愛にたいする信念である。つまり、自分の愛は信頼に値するものであり、他人のなかに愛を生むことができる、と「信じる」ことである

不安になるたび、呪文のようにフロムの言葉を繰り返した。そして信じるしかないのだと自らに言い聞かせ、さらに愛の道に邁進すると覚悟を決めた。

「他人のなかに愛を生む」ためにはまず、人間を知る必要がある。だから積極的に他者に関わっていくことにした。弁護士の青井さん、橋本さん、波定さん、彰人。彼らの問題に図々しく首を突っ込んでいった。彼らにいやがられたとしても、わたしはわたしを、そして彼らを信じなくてはいけなかった。

忠さんの家に入り浸る頻度も増えていった。大学卒業に必要な単位はすでに取得済みだったし、就活もないので、時間はあった。卒業後はひとまず大学院にでも進もうと考えている。学費の面で不安はあるものの、適当にバイトすればなんとかなるはずだった。

忠さんのパソコンを勝手に使ったのは、自分のパソコンの充電が切れていたからだ。横目で見て覚えたパスワードを入力し使っていると、新着メールの受信音が鳴った。

興味本位で覗くと、忠さんのメールフォルダに未開封のものが溜まっていることに気づく。

開封しても未開封の表示に戻せばいい。そう思ってクリックした。差出人は彼の母で、どれも意味不明な内容だった。

返信しない忠さんに代わって、メールを送る。彼の母は相手が忠さんではないことを見抜いたが、それでもメールを続けた。わたし〝個人〟のメールを求められたことがうれしかったし、彼女もまた楽しんでいるようだった。

ある日、忠さんの幼少期の映像が送られてきた。兄弟が砂場で遊ぶ映像。崩れた砂の城を踏みしめる弟。壊れたのではない、自ら壊したのだと言わんばかりに彼は暴れていた。悪者は自分だとアピールするように。父は彼の頭をひっぱたく。そのときの忠さんはかすかに笑っていた。馬鹿にするような笑い方ではなく、愛おしいものを見るような微笑みで。忠さんにこんな顔を向けられたことがあっただろうか。忠さんだけではない。パパやママでさえ、わたしにこんな表情を見せたことはない。涼太さんがうらやましい。じゃあわたしは？　誰かにこんな顔ができているのだろうか。

映像を見た翌日、忠さん宛てに田仁川という人から封筒が届いた。勝手になかを読むと「愛と経営」というオンラインサロンで一緒に働かないかという誘いだった。そのチラシを見たとき、愛が多すぎるというあの感覚を思い起こし、剪定という二文字が浮かんだ。

「愛と経営」へ入会するため、オンラインサロンを取り仕切るプラットフォーム「コミサロ」にアカウントを作成する。ログインすると数えきれないほどのサロンが現れ、愛にまつわるものも多くあった。「愛の実践」「幸せになる愛　幸せじゃない愛」「愛を見つける方法」……ひとつひとつに目が奪われるが、まずは田仁川のものを探す。月額五千円。安くはないが、入会手続きを済ませログインする。すぐにサロンが開かれるというのでクリックしたが、アクセスに手間取ってしまい、参加が開始時間より少し遅れた。

「西倉さん」

いきなり名前を呼ばれたのでびっくりした。なんとなく会釈をすると、「つい先ほど入会してくれた西倉さんです。拍手ー」と彼は続けた。

画面の大部分はわたしを紹介した男ひとりで占有され、上部には横一列に五人が区画されていた。その一番右にわたしがいる。メインの画面で話す男が田仁川だとわかるのはその仕切りっぷりからだけでなく、区画の右下に名前が表示されているからだ。名前がすぐにわかったのもそういうことだろう。

田仁川とわたし以外の四人が笑顔で拍手する。参加者はたった五人だけかと思ったが、視聴数には八百人とあり、瞬時に月額と掛け合わせて田仁川の利益を計算した。

「よろしくお願いします」

再び会釈をすると、田仁川は「西倉さんは、経営に興味があるんですか?」と微笑んだ。その貼りついたような笑顔が画面にでかでかと表示されるので、わたしは少しだけ椅子を後ろに引いた。

「ええ。今大学四年生なのですが、就職に疑問を持っているので、起業したいと考えています」

田仁川はまんまと「いいねぇ、西倉さん」とさらに口角を上げた。こういうとき、相手が求めている言葉はだいたいわかる。就職しないのは、疑問があるからではなく、愛についてまだ学びたかっただけだったが、田仁川は「そういうモチベーションの人がたくさんここにはいる。お互いが刺激し合って、面白い会社を起こそうよって場所なの」と言った。

「僕、田仁川がこのサロンで目指すのは、他では出会えない人たちがこの場に集まって、それぞれの考えがそれぞれのヒントとなること。だから僕自身もそういうスタンス。考えてることを伝えたり、教えてもらったり。主宰者であり、参加者。というのもね、僕はモバイルゲームの会社を作って成功したり、投資で儲けたりした、その経験から学んだことは伝えられる。だけど、それはあくまで僕の場合なんだ。だから西倉さんが、経営という技術について安易な教えを期待してここに来たのだとしたら、きっと失望する。そう、処方箋をもらうことを期待していたらね。目標への階段は自分の足で上っていかなくてはならない。だけど、様々なアプローチについて論じることは、技術の習得の助けになるに違いない。少なくとも処方箋を期待することをやめた人にとってはね」

わたしは面食らって固まった。彼が話した後半部分はフロムの『愛するということ』から抜粋したもので、愛を経営に言い換えたものだった。

彼の話は流れるようで、明らかにこのフレーズを言い慣れていた。シャーペンの芯が跳ねるように折れたときのような、そんな心持ちになったわたしはいてもたってもいられず「フロム、ですね」とぶつけた。

「『愛と経営』ですもんね。だからフロムからの引用を？」。田仁川は目を丸くして、ほほぉ、と息を吐いた。「すごいね、西倉さん。今のがフロムの引用だって気づくなんて。そんな人、初めてだよ」。

彼はほんのわずかに困惑した表情で、「ちょうどいい機会だから、改めて話そう。僕はエーリッヒ・フロムの著作が好きだし、彼の本から学ぶことは大変多い。だけど、このサロンのタイトルが『愛と経営』なのは、そうじゃない。経営に必要なのは、本当に愛なんだよ。愛のない経営はうまく回らない。クライアントも同僚もやがて離れていくし、長続きしない。愛のない経営っていうのは、僕の解釈では例えば、ユーザーが不幸になることや、自分の利益ばかり追求すること、他人を利用すること、なんかが挙げられるかな。だから僕は愛と経営は同じと考えている。そうすれば、たくさんの打開策が見出せるからね」と言い切り、パンッと手を打ち鳴らした。

他の人たちは、食い入るように聞いている。

「なるほど」

顎を上下させながら、画面に映る自分の顔を見た。これまで図々しく人の間に入り込んだとき、わたしはいつもこんな顔をしていたのだろう。

「愛と経営は同じ、なんですね」

田仁川は眉頭をくっと上げ、「そうだね」と答えた。

「こうも考えられる。愛という企業を経営すると考えてみれば、人間関係もうまくいく」

「しかし経営は利益を出すことが目的です。愛とは相手に利益を求めないことだと思うのですが」

「愛の目的は愛を生み出すことにあるよね。経営的な視点で愛を運用し、さらなる愛を生むことができれば、それは成功ということじゃないかな」

「今後のために教えてほしいのですが、そもそも田仁川さんの思う愛とはどんなものでしょう?」

「え?」

田仁川は照れたような苦笑いを浮かべ、「そうだな」とこめかみを掻いた。

「自己犠牲、かな。自分を犠牲にしても、誰かを助けるみたいな。あれこそ真の愛だよ」

「一理あるかもしれません。ただ自分以上に他者を助けたいことに、自己犠牲という表現を用いるのは不適切に思います。本当に愛が源の行動なら、自己犠牲という感覚はないはずでは」

「なるほど。いい議論だね、参加者のなかに西倉さんに対して回答できる人はいるかな」と尋ねる。しかし、誰も手を挙げはしなかった。

わたしは前のめりになり、机に肘をついて続ける。

「経営も同じですか?　経営も自己犠牲ですか?」

「それは、まぁ、そういう部分もね」

「自己犠牲じゃ経営は成り立ちませんよね。利益、出ませんから。一方で愛は利益を求める行為じゃない。となると、愛と経営は別物だと思います」

「そんなことないさ」

「究極、愛がなくたって経営はできます。これまで田仁川さんが会った成功した経営者は、みんな愛があったと言いきれますか？」

「それはもちろん。みんな〝いい人〟だしね」

「いい人」

わたしは思わず失笑した。

「じゃあ、一緒に設立したモバイルゲームの会社から田仁川さんを追い出して今も役員で経営に関わっている従兄弟の方にも、深い愛が備わっていると？」

田仁川はしばらく無言でカメラ越しにわたしを見つめ、「君のそういうデリカシーのなさに、愛は少しでもあるのかな」と言った。

「失礼しました。自分が考えてきたものとは違ったので、つい。参加者の皆さん、申し訳ありませんでした。もう発言しませんので。どうぞ、いつものようにお願いします」

田仁川は切り替えるように、「まぁさっ」と言って無理やり笑みを作った。

「いろんな意見を聞くことは極めて重要だよ。ありがとう西倉さん。うまくいき続ける経営がないように、こういうことはいつだって起きうる。全てが学びだよ」

うまくいき続ける経営がないということは、うまくいき続ける愛もないいんですか？　永遠の愛というのは、存在しませんか？

思わず口走りそうになって、わたしはそのサロンからログアウトした。そして「愛と経営」

を退会し、別のサロンに入会して同じような問答を繰り返した。主宰者に煙たがられた結果、途中で強制的に退出させられたが、懲りずにまた別のサロンに入会した。

忠さんの家にこもったまま、三日間で七つのサロンに入会し、退会した。得るものはなく、ただ参加費だけが口座から出ていった。さすがに飽きて、彼のベッドに横たわり、窓の向こうを眺める。コウモリの群れが無軌道に旋回しては、窓枠の外へ散った。

誰ひとり愛について深く考えていない。そのくせ好き勝手に愛を利用している。

この虚しさにはずいぶん慣れていたはずなのに、わたしはいつになく落ち込み、沈んだ気分が晴れることはなかった。

翌日、あやが脚本に関わった彰人の公演があり、十五時に中野の劇場に足を運んだ。

公演を知らせるポスターを貼った看板よりも、波定さんから贈られた豪勢なスタンド花の方がはるかに目立つ入り口を抜け、チケットを買って席に着く。空席はあるものの、それなりに観客は入っていた。

舞台には革張りのひとり掛けソファがふたつ並べられ、その周囲は無数のぬいぐるみで埋め尽くされていた。異様なセットに観客がざわついていると、ブザーとともに暗転し、開演する。

高齢の男女が嚙み合わない会話を繰り広げ、次第に明らかになるふたりの若い時代を、別の役者が演じる。ばらばらだと思われた物語はやがてひとつになり、想像していたものとは違う結末へと向かっていく――。

一時間二十分の公演はあっというまだった。楽しめたけれど、どこかで所詮虚構だと思ってしまう自分もいた。わたしは物語ではなく、現実を生きている。愛するという技術の習練は経験する以外に方法はないというフロムの教えが、今一度なぞるように刻まれる。

公演後に待ち受けていた彰人には、その思いを伝えなかった。彼にとってはこの物語は虚構ではない。彰人は物語を完成させるという実体験を成し遂げた。それは疑いようもなくすごいことだ。

彰人にとてもよかったと伝えると、照れ臭そうに隣のあやを見てはにかんだ。あやもうれしそうだった。なのにわたしはどこか寂しかった。

作品では、この会話が深く残った。

「鯨はね、進化の過程で海から陸に上がり、再び戻った生物なのよ。それってすごいことだと思わない?」

「だけど鯨は海から出たときとは別の生物だよ」

「そうとも言えるわね。しかし魚類とは別の能力を身につけることができた」

「身体機能としてはメリットもデメリットもある。とにかく僕が言いたいのは、鯨は海に『戻った』と言えるのかな」

「『来た』でしかないと?」

「戻ろうとしても、以前と自分は変わってしまってる。それにね、海の方だって変わってるんだよ」

劇場を出ると、通り過ぎる車のボンネットが夕日を反射し、思わず目を細める。スマホの電源を入れると、ＳＮＳに「羽田愛未」という人から友達リクエストとメッセージが届いた。

（『愛と経営』のオンラインサロンに参加された西倉さんですよね？　他のサロンでも何度かお見かけしました。もしよかったら、友達になってくれませんか）

何度かということは、彼女も同じようにいくつかのサロンをかけ持っていたということだろうか。わたしが参加したものには「愛」以外の共通点はない。まさか彼女もそれを求めて——同じ目的の人に出会うのはこれが初めてだった。すぐに承認し、彼女のプロフィールを見る。彼女は同じ大学四年生で、仙台の大学に通っていた。

（初めまして。西倉まりなです。愛未さんはどうしていくつもサロンに参加されたんですか。愛について興味があるからですか？）

そうメッセージを送ると、すぐに返信があった。

（そうです。愛とはなんなのかをずっと知りたくて、オンラインサロンに参加しています。田仁川さんのサロンでの西倉さんの振る舞い、びっくりしました。あんなことなかったから。それに、他でも同じようなことをしていて。わたし、感動したんです。自分が思っていたことを言ってくれたから。大学四年生って聞いて、同じ年なのに、すごいです。もしよかったら、一度会って話してみたいです）

あとから劇場から出てくる人たちの興奮が、雑踏に混じる。

（今、仙台ですか？）

（はい、市内に住んでいます）

（今から会えますか？）

（西倉さん、東京ですよね？）

（はい、今から出れば、十九時半にはそちらに行けるかと。ご迷惑ですか？）

（いえ、むしろうれしいです。無理してませんか？）

（新幹線に乗ったら連絡します）

急いで中野駅に向かい、東京駅で東北新幹線に乗った。

（あと一時間半ほどで着きます）と送ると、（駅に迎えに行きます。白い帽子をかぶっています）と返信があった。

日が傾いていくにつれて街の灯が際立ち、淡い青が空に広がっていく。車窓の向こうを流れていく景色は心なしかゆっくりに感じられた。トンネルに入ると街の灯は残像となって頭に焼きつき、ガラスに自分の顔が映る。わたしの顔がちゃんと自分のものに感じられたのはひさしぶりだ。この高揚はあやと一緒に走ったあのときに似ていた。

忠

西倉まりなの両親から警察に行方不明者届を出す連絡をもらったのは、彼女が実家に帰らなくなってから五日後のことだった。同行させてくださいと彼らに申し出たのは彼女が心配だったからだが、ふたりには「自分が容疑者になりえるので身の潔白を証明するためにもお願いします」と伝えた。達彦さんは「家族の問題だから」といやがったが、玉美さんは「あなたより頼りになる」と受け入れてくれた。とはいえ、そのときはすぐに見つかるだろうとどこか楽観的に考えていた。しかしどうしてもっと早く連絡できなかったかと強い口調で警察に聞かれ、自分が正常性バイアスにかかっていたのだと気づく。

「失踪者の発見率は時間経過とともに急激に低くなります。毎年、年間八万人くらい行方不明者がいるんですよ」

その言葉に三人とも言葉を失った。

「それでも七万人ほどは所在が確認されます。残りのうち三分の一は死亡、残りは見つからないままです。およそ七千人。決して少なくないというのはわたし個人の見解です。早く対応しなければどんどん見つけにくくなります」

「スマホのGPSから居場所を特定することはできませんか?」

達彦さんが警察に縋るように言う。

「携帯電話会社に協力を求めることはできます」

「どうかあの子を見つけてください」

「もちろん最善は尽くします」

数日後、クレジットカードの購入履歴からまりなが仙台行きのチケットを買ったことが明らかとなった。しかし誰もなぜ彼女が仙台に行ったのかは知らず、まりなの失踪事件はやむなく公開捜査に切り替わる。テレビや新聞などマスコミでも連日取り上げられたものの効果はなく、集まった目撃情報もどれも的外れなものばかりで、時間だけがただただ過ぎていった。

それは自分にも飛び火した。想定していた通り容疑者として疑われ、捜査の過程で大学にまりなとの関係が明るみになった。その噂が職員のみならず学生にまで広まった結果、とても大学にいられるような状況ではなくなり、休職を余儀なくされた。

田仁川からの誘いがあって本当に助かった。経済的な理由もそうだが、なにかしていなければ余計なことばかり考えてしまう。彼女の不在がこれほどまで自分を追いつめるとは思わなかった。彼女の身に起きているかもしれない悪い想像が膨らみ、胸の奥がちりちりと裂かれた。

田仁川との最初のオンラインミーティングで、まりなの話題が出たのは偶然だった。画面越しの田仁川は電子タバコを口にしながら「今さ、行方不明の子いるじゃん」と世間話を始めた。

「あの子、このサロンに一回だけ参加したのよ。それがマジ面倒くせーヤツでさ。たまにいるじゃん、『自分の方が正しい』『自分の方が賢い』みたいなタイプの人間。あれだよ、あれ。色々かまかけてきて、論破したみたいな顔してさ。俺からすりゃ、あんなのただ青臭いだけの未熟なガキだ。それでもまぁ、俺がなんとか大人の対応してあげて、ひとまずやり過ごしたわけだけど、サロンの空気はぶち壊しだし、また来たらどうしようって思ってんだわ。そしたら、なんとまさかの行方不明。こう言っちゃなんだけどさ、正直安心したよね。もう参加してこないって」

田仁川は笑って息を吐いた。

「ありゃ自業自得だろ。どっかで恨み買って、今頃埋められてるよ」

「田仁川、お前じゃないよな」

「は？」

「お前がさらったとかじゃないよな」

「俺がそんな金にならないことすると思う？　あ、ってかそうか。お前のとこの学生か。ごめんごめん、そっちからすれば心配だわな」

教員としての顔つきを心がけながら「あの子のことで知ってることがあったら教えてくれないか。親御さんたちも本当に大変そうなんだ」と言った。

「いや、それが実はな」

「うん」

「他のサロンにもいくつか顔出してたみたいなのよ」

田仁川のようなサロン主宰者は意外と横の繋がりがあり、最近の集まりでまりなのことが話題になったのだという。彼女は全てのサロンで同じように議論をふっかけては空気を台無しにしていた。いずれも一回のみの参加で、彼らは一様に「もう二度と来ないでほしい」と口にしていたらしい。

「彼らのうち誰かが犯人ってことは？」

「そりゃわかんねーよ」

「一応名前を教えてくれ」

リストをもらい、それを警察の担当者に送る。数日後、達彦さんと結果を聞きに行った。

「全員シロでした。ただ、新たなことがわかりました」

仙台駅の防犯カメラにまりなが映っていたという。見せてもらうと、まりなは改札の外で女性と待ち合わせしていたが、相手は大きな帽子をかぶっていた。

「この女性に心当たりはありませんか？　学生とか」

「帽子で顔が見えないのでなんとも言えませんが、おそらく知らないかと。まりなの友人はそれほど多いわけではないのである程度把握してるつもりですが、彼女のようなスタイルの人はいないはずです」

「そうですか。もしかしたらオンラインサロンで出会った人かもしれませんね」

担当者はそう言って、まりな失踪までの時系列をまとめた表を差し出した。

「三日間で七つのオンラインサロンに参加していたことがわかりました。かなりのハイペースだったにも限らず、彼女はぴたりとオンラインサロンを辞め、その翌日の夜に仙台にいたわけです。オンラインサロンでなにかあったと思うのが、自然ではないでしょうか。主宰者には全員アリバイがあり、仙台に寄った形跡もありません。ですが参加者はまだ調べておりません。そこから探るつもりです。とはいえ、かなりの人数がいますが」

まりな

仙台駅の改札を抜けて、あたりを見回す。金曜日だからか駅は混んでいて、なかなか白い帽子の人を見つけることができなかった。自分のしっぽを追いかける犬のようにその場をくるくると歩き回っていると、「西倉、さん？」と背後から声がする。

羽田愛未のかぶっていたつば広帽子は、想像していたものよりも大きく、外径は肩あたりまであった。そこから覗く顔は小さく、肌色は薄い。ベージュのフリルつきロングワンピースを着た彼女は、どうしてすぐに見つけられなかったのか不思議なくらい周囲から浮いていた。

「本当に来たんですね」

そう話す声は柔らかかった。くすくす笑う彼女に「思いついたら我慢できないタイプなんですよ」と口にすると、「知ってます、そういうところ見てましたから」とまた笑った。

「愛未さん、って呼べばいいかな」

「同い年だから愛未でいいですよ、わたしは」

「じゃあ、こっちもまりなで。お腹空いちゃったんだけど、どこかおいしいところ教えてもらえないかな？　もしかして、愛未は空いてない？」

「ううん、わたしも食べてない。いいところあるから一緒にご飯しよ」

愛未が紹介した店は、十分ほど歩いたところにあるイタリアンレストランだった。店内の壁は青と白のタイルが交互に張られており、濃茶の木製テーブルと椅子がよく映えた。奥にはピザ窯があり、香ばしい匂いが漂う。味の割に値段が安く、最近こっちの大学生たちの間で話題になっているると彼女は言ったが、時間帯もあってか大人のカップルや女子会をしている人で賑わっていた。愛未はビニールで覆われたメニューをめくりながら、おすすめの料理を細かく説明してくれた。それがだんだん申し訳なくなり、「任せるよ、嫌いなものとかないし」と彼女に委ねる。

「えー、それは困るなぁ……気に入らなかったら悲しいし、責任感じちゃう」

「そんなこと思わないよ、全部おいしそうだもん」

「でも、そうなるとわたしも迷っちゃう」

愛未が困ったように眉を寄せるので、「わかった。じゃあ直感で選ぶから、気に入らないのあったら変えて」と言って、メニューから五品ほど選んだ。愛未はコクンと頷き、「いいチョイスだと思う」と言って微笑んだ。

テーブルは白ワインのグラスふたつと、サラダやアラカルト、パスタ、ピザなどで埋め尽くされ、「ちょっと多かったかも、ごめんね」と愛未はため息交じりに言った。

「謝らないでよ、選んだのわたしだし。お腹空いてるから食べれる気もするし。なにより、楽しいじゃん」

「まりな、すごいね」

「なにが？」

「すぐに考え方を切り替えられる。それに自分の考えもしっかりある。そんな人なのに、どうしてオンラインサロンに入会したの？　それもいくつも」

わたしはこれまで自分が考えてきたことや、オンラインサロンに入ろうと思った経緯を包み隠さず話した。愛未は「わかる！」と小刻みに頷き、「わたしも思ってたの。愛って言葉がすごく溢れてるけど、実際に愛せてる人ってどれくらいいるんだろうって」と眉毛を上げてそう言った。

「じゃあ、愛未も同じ理由？」

「わたしはちょっとだけ違う」

愛未はゆっくりと下を向く。

「人を好きになったことがないの。この先もなれるかわからないし、そんな自分が精神科医になっていいのかなって。それで、サロンに」

愛未は仙台にある総合病院の院長のひとり娘で、幼い頃から医者になるのが当たり前の環境で育った。周囲と比較にならないほど裕福な暮らしだったが、愛というものを実感できなかった。誰かを好きになることはもちろん、なにかを好きになったこともない。愛未はそんな自分に焦りを感じていたという。

「精神科医になろうって決めたのも、勉強しているうちにヒントが見つかるかもしれないと思ったからなの。だけど、フロイトやヤスパースなんかを読んでもピンと来ない。もちろんフロムも」

愛未がちらりとこちらを見る。

「わたしの名前、愛未って愛の未来を担っていくという意味でつけられたの。だけど、今のわたしって、未だ愛を知らず、って状態」

自虐的に笑う愛未の目には、寂しさが滲んでいた。

「名前のせいにするのは馬鹿らしいけど、わからなすぎると、いろんなことをあれこれ結びつけたくなっちゃう」

わずかな沈黙のあと、愛未はピザを小さくかじった。先端が欠けたピザは再び皿に置かれ、愛未はおしぼりで指先を拭った。

「わたし、小さいときにママが病気で亡くなっちゃって。わたしは覚えてないんだけど、パパが『愛未は泣きもしなかった。とてもいい子だった』ってよく言ってた。でもそれって、本当にいい子なのかなって。パパも去年死んじゃったんだけどね、そのときも泣かなかった。映画とか観たらすぐ泣くのに、現実の出来事じゃ泣けないわたしってなんなんだろう」

そう話しながら視線を落とす愛未に、昔の記憶が再生されていく。

中林君の葬儀で泣けなかったあの日から、今のわたしは始まった。あれから多くの人に出会い、少しでも変われたのだろうか。

印象的なシーンがスライドショーのように送られていく。そしてぴたりと止まったのは、『はしもと』にいた波定さんと橋本さんだった。ふたりは里見さんの葬儀のあとだったにもかかわらず、泣いていなかった。むしろ笑っていた。じゃあ、ふたりは里見さんを愛していなかった？

そんなはずない。波定さんの柔らかい声に、橋本さんの堪えるような瞳に、わたしは愛を見た。どれほど上手な演技やお芝居でも、本物の愛を生み出すことはできない。どこまでいっても愛のようなもの——。

「涙が出ないからって、悲しくないわけじゃない。わたしたちはきっと悲しかったんだ。その悲しみに身体がうまく反応できなかっただけ」

自分のことはよくわからなくても、他人のことはよくわかる。

だからずっと、他人のなかに愛を探していたんだ。そうすれば自分のどこかに紛れ込んだ愛も、見つけられるかもしれないから。

「わたしたち？」

愛未が不思議そうにこちらを覗き込む。わたしは首を振って、「なんでもない」と返した。

「愛未は、愛せる人だよ。だって愛せてなかったことを、こんなにも不安に思ってる」

それから閉店間際まで話し込んだ。いよいよ店員にいやな顔をされたので、ふたりで会計を済ませていると、愛未が「このあとどうするの？」と尋ねた。

「適当に泊まるところ探すよ。安いホテルか、マンガ喫茶でもいいし」

そう答えると彼女は「うちに泊まらない？」と誘った。

彼女の家は夜目にも立派とわかる日本家屋だった。門戸が開くと、額縁のように奥の景色を切り取り、美しく曲がった松の木の向こうに、堂々たる邸宅が覗いている。

「お父さん、亡くなったって言ってたよね。ってことは、ここにひとりで？」

「うん、そう」

「わたしなら持て余しちゃう。落ち着かないよ、ふたりでも広すぎる」

「持て余してるよ。でも、ずっとこの家だから」

月明かりを反射した瓦屋根は線を引いたように規則正しく並び、オレンジの照明が玄関をぼんやりと照らした。「写真撮っていい？　ＳＮＳに上げたりしないから」と伝えると、「もちろんいいよ」と彼女は答えた。そのときになって、スマホがないことに気づいた。

「やばい、店に忘れたかも」

愛未に鳴らしてもらうものの、バッグのなかからもポケットからも反応はなかった。レストランまでは確かにあったので、やっぱり忘れてきたに違いない。愛未は店に電話してくれたが、すでに営業は終了したらしく誰も出なかった。諦めて明日取りにいくことにし、愛未の家に上がる。

外観から想像した以上の奥行きで、愛未がいなかったら間違いなく迷う。インテリアは意外にもモダンで、生活しやすいように機能性を備えたリフォームがなされていた。

「病院の院長ってすごいんだね」

「うちは不動産も結構あるの」

「それって、今愛未が全て管理してるの？」

「そう、全部相続しちゃって大変だよ。弁護士とか税理士にある程度任せてるけど、ほっとくのは心配だから、ちゃんと確認しなくちゃだめで」

「すごいなぁ、そういうの全然わからない。この家、ひとりで掃除するの大変じゃない？」

「さすがに無理だよ。週に二回、お掃除してくれる家事代行サービス頼んでる。ねぇ疲れたでしょ？　先にシャワー浴びたら？」

バスルームにはタオルやアメニティ、バスローブが丁寧に並べられていて、旅館さながらだった。お風呂場も広く湯加減も絶妙で、あまりに贅沢な時間にこのところの疲れが流れていく。

愛未と会えたことは運命なのかもしれない。こうした贅沢をさせてもらえるから思っているわけじゃない。彼女といると、自然体でいられた。愛について力んでいたわたしを彼女はそっと理解し、受け止めてくれた。そして彼女の方も、きっとわたしの存在にほっとしている。

風呂から上がり、身体を拭きながら「愛未ー」と呼んだ。「出たー？」という声が跳ね返ってくる。しばらくして迎えにきた愛未は、薄いピンク色のネグリジェにガウンを羽織っていた。

「それで寝るの？」

「うん、いつも」

「寝心地悪そう」

「これじゃなきゃ寝れないの」

歩くたびにガウンの裾が大きく揺れる。愛未の部屋か、あるいは来客用の寝室に案内されるかと思ったが、愛未は途中の縁側に腰を下ろした。隣に座ると、「ちょっとだけお茶しよ」と愛未は言った。彼女の脇にはトレーがあって、ティーカップがふたつ並んでいた。すでにひとつは減っていたので、愛未は先にここで飲んでいたようだった。

「ハーブティー。そこの庭で育ててるハーブなんだ」

指差した先に葉が茂っていたが、薄暗くてあまり見えない。手前には小さな池があり、水面にゆらっと波紋が広がる下で錦鯉が尾を返していた。

「どうぞ」と差し出されたティーカップに口をつけると、爽やかな香りが口に広がる。ミントやカモミールなど、様々な香りが幾重に織りなされ、最後に苦味が残った。

「おいしいね」

もう一度口をつける。

「わたし、パパのことがわかった気がする」

そう呟いた愛未もハーブティーを飲み、宙に向かって息を吐いた。白い息がふっと浮かぶ。

「パパね、ママがいなくなってから、全部の愛をわたしに向けたの。だけど幼いわたしには、それが愛だなんて感じられなかった。ただのエゴだって。愛という大義名分に甘えて自分の思いを押しつけるなんて矛盾してる」

「わたしもそう思うよ。愛は相互的に作用するものだから」

愛未はかぶりを振って、「でも、正しい愛って、そういうことなのかも」と言った。

「他者を思いやることが愛だなんて、幻想のように思えてきたの。だって相手のことなんて実際にわかるわけないじゃない？　本当にわかるのは自分のことだけ。だったら自分で磨いたピュアな愛を相手に差し出すこと以外、愛を伝える方法ってないと思う」

「でも、間違って伝わってしまったら、相手はその愛を愛と受け取らないよ。愛未は相手から愛されなくてもいいの？」

「いい」

その声はあまり愛未っぽくなかった。

「誰かを意識した時点で、愛は濁ってしまう。自分の内で純度の高い愛が精製されたなら、表出させて相手に伝えるまで、そのままの純度を保つべきなんだよ。愛されたいという考えは、そのプロセスにおいて、ノイズになる。愛してる、という一点を歪みなく伝えて、純粋な愛で包み込む。というより、飲み込むって方が正しいのかな。そうしたら、真実の愛が誕生するの」

「どうしたの？　違うよ。愛は他者と一緒に成していくものだよ。ひとりで作るものじゃない。だって、それじゃ、誰も、幸福に、だって、誰も、それじゃ、パパは――」

今さら酔いが回ってきたのか、頭がぼんやりとして、ろれつが回らない。「ごめん、ちょっと、横になる」とわたしは縁側に倒れ、外を眺めた。池の鯉が生み出す波紋が視界の隅に見え、そこから木が生えていく。凄まじい勢いで枝分かれした木の幹に、いくつもの顔が貼りついていて、阿修羅のようだった。少し離れたところにあったはずの木は、なぜかずいぶんと近くに来ていて、複数の顔は好き勝手にわたしに話しかける。それらの顔はママやパパ、忠さんにも似ているし、おばあちゃんにも、あやにも、波定さんにも涼太さんにも似ている。みんなが同時に喋るからなにを言っているのかわからない。重なる声はどこかお経に似ていた。これ、なんて言うんだっけ、お坊さんがみんなでお経読むの、声明だったかな、確か、初詣で護摩行しながら僧侶がしてたんだ、ママとパパと行った真言宗のお寺だ、金色の天蓋が炎の光できらきらして、わたしはお経が怖くて、だからそのきらきらをずっと見てたの、みちるが燃えそうになったときもそれを思い出していて、木が燃えているね。人の木が燃えて、煙が出て、顔が見えなくなるのに、声だけが聞こえるこれは愛の歌――。

目を覚ますと、ベッドの上にいた。消毒液のような臭いが鼻をかすめ、あたりを見回す。知らない部屋。いつのまにか着替えさせられている。それは愛未と同じピンクのネグリジェだった。

起き上がろうとするも頭痛がして、身体にもうまく力が入らない。それでもゆっくりと立ち上がり、壁伝いに室内を見て回る。間取りはワンルームでトイレもバスルームもあった。ホテルのような清潔感だが、テーブルや椅子などの家具や、フローリングに目を凝らすと細かな傷もあって経年劣化を感じる。

引き戸もあった。手をかけたが、鍵がかかっていてびくともしない。「まなみぃー」。呼びかけても反応はなかった。自分の声がひどくかすれている。

喉のひどい渇きに気づき、冷蔵庫を開ける。あらゆる飲み物や軽食が並んでいた。誰のものかわからないけれど、気にする余裕はない。水を選んで一気に飲み干すと、その冷たさにいくらか頭がすっきりする。しかし途端に胃がひくつき、慌ててトイレに駆け込んだ。飲んだばかりの水をトイレに吐き出すと、わたしはその場にへたり込み、しばらく放心した。

ドアの方から人の気配を感じ、カチッと音がした。わたしはふらつきながらも戻り、引き戸をスライドさせる。外に出ようとしたが、目の前に鉄格子が施されていた。

格子の奥から同じネグリジェ姿の愛未が現れる。

「ごめんね、まりな」

「どういうこと」

「わたし、まりなを愛するって決めた」

愛未の表情は全く変わっていなくて、かえって混乱する。

「なにを言ってるのかわからない」

「これがわたしの愛のかたち」

わたしは立っていられず、その場に座り込んだ。そのときになって涼太さんのことが頭に浮かび、「アジサイ、なわけないか」と呟いた。愛未は少し目を丸くし、「自然毒に詳しいんだね」と言った。

「でも違う。アジサイより少し遅れて咲く花だよ」

「アサガオだ」

「本当に詳しい。うちの病院で働けるかもね」

「そんなことはさせないけど」と微笑んで、愛未は体育座りをした。

「その部屋はね、わたしの部屋だったの。パパがね、わたしがどこにも行かないようにって作った部屋。学校から帰ってきたら、どこにも行けないようにここに閉じ込められた」

窓はなく、愛未の背後が薄暗いのでてっきり夜だと思っていたが、奥に見つけた時計は午前八時三十四分となっていた。

「パパの愛し方はおかしいってずっと思ってた。だけど、今ならわかる。愛しているからこそ、こうするしかないって。他人って勝手だもん。わたしがいくら愛してるって伝えても、まりなはここからきっと離れてしまう」

「そんなこと」

「じゃあ、ずっとここにいてくれる？　わたしと生きてくれる？」

頭が痛み、こめかみのあたりをぐっと押さえる。

「まりなが欲しいものはなんでもあげる。だからここにいて」

愛未は立ち上がり、後ろに戻ってからトレーを運び、わたしに近づいた。格子の下の隙間からトレーを差し込む。

「朝ご飯。ゆっくり食べてね」

「もしかしてスマホ」

「ごめんね」

彼女はポケットからわたしのスマホを取り出した。

「店に置き忘れてたのは本当。それをわたしが拾ったの」

「最初からこうするつもりだったの？」

「まさか。だって会いに来てくれたのはまりなだよ？　来るって言ってくれたとき、わたしはうれしかった。初対面なのにすごく心を開いてくれて。それに、こんなに話ができる人に会ったのも初めて」

気持ち悪いのに変にお腹が空く。わたしは皿に盛られたサンドウィッチを掴んで食べた。

「わたしたちが出会ったのは運命なんだよ」

多少落ち着いてきたと思ったのも束の間、意識は混濁し、やがて失われる。


来る日も来る日も同じことが繰り返された。

わたしが寝ている間に、部屋は掃除され、着替えも用意され、飲み物は補充された。部屋にはパソコンが置かれていたがネットはオフラインで、テレビも繋がってはいなかった。ただ、観たい映画やコンテンツはソフトで支給される。読みたい本も頼めばすぐに届いた。食事も要望を聞いてくれたし、特に生活に不自由はない。あまりの手際のよさに、彼女は本当にここで監禁された経験があるんだと思い知る。

食事には必ず朝顔が混入されているため、頭ははっきりとせず、なんの意欲も湧かない。食べないという決断をしてもやはり空腹には勝てず、数日で手をつけてしまう。

格子や壁を壊しての脱出を試みるも難しく、自らここを出ることは不可能だった。誰かに見つけてもらうまで、ここで待つしかなかった。

しかし誰が見つけてくれるのだろう？　オンラインサロンのことは誰にも話していなかった。ネットの履歴やカードの決済を見れば？　それだけで愛未に辿り着けるとは思えないし、わたしがここにいるなんて誰もわかりっこない。

そもそもみんな捜してくれるのだろうか。ママはわたしに興味がないし、忠さんだってわたしがいないならいないで困らないはずだ。パパは？　あやは？　彰人は？　波定さんは？　誰か本気でわたしを捜してくれる？

愛未は毎夜、わたしの前に座って話をした。内容はだいたいは今日あった出来事で、大学でなにを勉強したとか、実習でこんな人がいたとか、クラスメイトが問題を起こしたとか、そんな話だったけれど、ぼんやりしているので具体的なことは忘れてしまう。それでもひとつだけ覚えている会話があった。

「ねぇ、まりな。ミアキスって知ってる？」

「知らない」

「犬と猫の祖先。ミアキスっていうのは『動物の母』って意味なの」

「祖先、一緒なんだ」

「そう一緒だった。生存競争のなかで分かれていったらしいよ」

「……どっちに似てるの？」

「他にもアシカとか熊とかの祖先でもあるから、いろんな動物のちょうど真んなか、平均値みたいな顔してるんじゃないかな。人間の顔の平均値って美人になるんだけど、もしかしたらとても美形な動物なのかも」

その顔を想像するように愛未は目を閉じる。

「人間って、ミアキスから派生した動物みたいだと思わない？」と続けた。

「もともとひとつだったわたしたちは、いつしかバラバラになった。少しでも楽に生きるために。でもそのせいで、わたしたちは思考や価値観、生き方、愛し方までばらばらになってしまった」

夏休みの自由研究で育てた朝顔のつるを思い出す。支柱に沿って日に日に伸びていくつるは、自由に枝分かれして花を咲かす。自由に、と思うが、その枝はただ光を求めて、進んでいるだけだ。

「人間はミアキスに戻って愛を取り戻すべきだよ」

なんだっけ、この話、前に似たような会話を聞いた。

あやと彰人の舞台だ。陸から海に戻った鯨。

「戻れたとしてもそれは別のミアキスだよ」

「別？」

「一度、別の場所を知ったら、戻ったとしても同じじゃない。世界は不可逆で元通りにはならない」

「そんなこと」

愛未の声が天井に反射して降り注ぐ。

「戻れる。愛は不可逆じゃない。取り返しのつかないことなんてないの」

「そもそも、愛は動物じゃないよ」

「でも生きてるよ、わたしの愛は今ここで」

愛未が鉄格子を握って近づいた。まるでキスを求めるような姿勢だった。彼女を殺せる距離でもあった。隙間から尖ったもので刺せば。

「愛未の方が、わたしより愛を信じてるのかもね」

そう言って、わたしは彼女から離れ、眠った。


監禁されてひと月以上が経った。

誰も助けには来なかった。

映画を観ることも、本を読むこともなくなった。無気力な状態が続き、立つのもしんどくてほとんどベッドから動かなくなる。毎日、ただ宙を眺め続けている。

わたしはただ食事や必要最低限のものを与えられるだけの動物になった。犬や猫。ペットを愛する人たちの思いは、純然たるものかもしれない。飼い主はただ癒やしを求めているだけでそのほかの見返りを求めはしない。ペットは特に仕事をするわけでもないのに餌をもらい生活を保障してもらう。飼い主はある種の神であり、だからこそ懐く。愛し合っているのかもしれない。だとしたら、やはりわたしと愛未の間にも愛はあるのか。

気力も体力もすっかり失せたが、それでも時折考えてしまう。愛ってなんなんだ。癖づいた思考はやっかいで制御できない。

そしてその思考は、必ず同じところに着地する。お前は愛未を愛しているのか？　もうひとりの自分が虚ろなわたしにそう語りかけてくる。

フロムはこう言っている。「愛とは愛を生む力」だと。

彼女のやり方ではわたしのなかに愛は生まれない。しかし同時に思う。本当にわたしは彼女を愛せないのか。もし愛未を愛せたなら、わたしの愛は限りなく純粋なものに到達するのではないか。ただ、わたしがもし愛せたら、彼女の愛もまた、本物ということになる。

この矛盾をどう処理すべきかわからなかった。それでも、愛すべきという自分の感覚を信じずにはいられなかった。それが愛についての習練ではないか？

そもそも愛未はなにがしたいのだろう。本当にわたしに愛を伝えたいのか、それとも父のやり方を実践し彼の愛が本物だったのか確認したいのか、はたまた別のなにかか。

きっとひとつじゃない。だけど結局、愛未が愛したいのは自分だ。わたしたちは必ず同じネグリジェを着ていた。わたしと話すときの愛未の視線は、わたしではなく、もっと奥の自分を見ている。自分を愛するための手段、自分のこれまでを肯定するための手段がこれなのだ。だけどそんな利己的な方法じゃだめなんだよ。

——たしかに利己的な人は他人を愛することができないが、同時に、自分自身を愛することもできないのである。

愛未にそのことを伝えたいのに、すっかり話す体力がない。

毎夜、ミアキスの夢を見る。見たこともない動物なのに、なぜかそれがミアキスだとわかる。樹の上からわたしを見下ろすミアキスの瞳は冷たく、深かった。牙を剥いて威嚇するが、その身体は震えていた。「下りておいで」と赤ん坊に話しかけるように声をかける。しかし頑なにこちらを見つめるばかりで、手を伸ばしても、少しも反応しない。瞬きもしないその目に吸い込まれそうになる。わずかに風が吹き、あたりを見回す。森は薄暗く、葉の擦れる音がミアキスの鳴き声のようでもあった。再び見ると、ミアキスは姿を消していた。途方に暮れたわたしは、そこを離れようと歩き始めるが、踏んだ土からつるが伸び、絡まる。わたしはもがくものの身動きが取れない。助けを求めた先に、鈍い光を反射する巨体があった。鯨だ。身体を翻し、ジャンプしたところで、顔に巻きついたつるが視界を塞ぎ、わたしは闇のなかに落ちていく。

いつもそこで目が覚める。起きてもなお、状況はあまり差がない。がんじがらめの生活に怯えることもなくなり、夢も毎夜のせいで慣れてしまった。

何回見ただろう。百はゆうに超えたのではないか。明晰夢なのにコントロールができない。

身体がわたしのものではない感覚。どうにか違う展開に持っていこうと思っても必ず引き戻されてしまう。見たくないのに必ず見てしまう夢。最近は愛未の部屋で目を覚ますたび、どちらが夢かさえわからなくなっていた。胡蝶の夢。思わず笑ってしまう。しかし本当に笑えているのか。この部屋には鏡がないからわたしがどんな顔をしているのかわからない。

また夢を見る。脚に絡みつくつる。下から凍りつくような感覚で、絡まった部分から感覚が消えていく。わたしはもうもがくことはせず、ただ早く終わるのを待っている。鯨はただジャンプのタイミングを狙っている。

目を閉じていてもつるがどこまではい上がってきているかわかる。首元まで届き、鯨が宙へ跳ぶ。いよいよ顔が塞がれ、そのままじりじりと締め込まれる。頬につるが食い込んで、息ができない。目元まで覆われ、頭がすっぽりと包まれたところで目が覚める。しかし今日は目が覚めない。闇に落ち続ける感覚。浮遊感だけがそこにある。きっとこれが最後の夢——。

誰かがわたしを呼ぶ声がした。しかし水中にいるようなくぐもった音で、誰の声かはわからない。真っ暗にもかかわらず、巨大な手がわたしを包むのがわかる。そのぬくもりが肌に伝わり、わたしはゆっくりと沈んでいく。

達彦

羽田愛未がまりなの参加したサロン全てに同じく参加していたこと、彼女のルックスが防犯カメラに映っている女性と酷似していたこと、ふたりがイタリアンレストランで食事しているのを店員が覚えていたことなどから、警察は羽田愛未宅の家宅捜索に踏み切った。にもかかわらず、まりなは見つからなかった。

愛未は警察に事情を聞かれると、食事に行ったことを素直に認めたという。その後愛未宅に泊まったが、朝になるとまりなは姿を消していた。なぜ警察にそのことを伝えなかったのか問うと、警察から疑われるのが怖かったと言ったらしい。

愛未の容疑は晴れ、捜査は振り出しに戻った。そして失踪から二ヶ月が経ち、捜査班は縮小された。

玉美は仕事ができなくなり、家に引きこもった。放っておけないので俺は玉美の家に住み込み、彼女のケアをすることにした。玉美は「大丈夫だから、自分のことを優先して」と言ったが、俺も会社では腫れ物に触るような扱いで居心地が悪く、玉美と会って話すことだけが心の拠り所になりつつあった。


年内の仕事を終え、年越し用の蕎麦とおせちをピックアップして帰宅すると、マンションのエントランス前に忠が姿勢よく立っていた。彼の身だしなみはいつも清潔感に溢れているが、顎先の無精髭にだけは疲れが見て取れた。

「お話があって。年末ですし、年明けの方がよかったら引き返しますが」

「かまわないよ。中に入って」

エレベーターに乗ると、忠が「大荷物ですね、持ちましょうか」と声をかけた。

「大丈夫。蕎麦とおせち。こんなときにも日本のしきたりを守ろうとするなんてどうかしているよね」

「あたらしき　年の始に　かくしこそ　千歳をかねて　たのしきをつめ」

「なにそれ?」

「古今和歌集にある和歌です。いつの時代も人が正月にかける願いは変わりません」

「ごめんね、学がないもんで」

「正月くらい、心を休めてもばちは当たりませんよ。いい年になるよう、験を担ぎましょう」

部屋に入ると、玉美はいつものようにベランダで電子タバコを吸っていた。この姿を見るたび、飛び降りてしまわないだろうかとひやひやする。

それだけでない。ドアを開ける前も、いやな緊張が走る。心配しすぎだとは思うものの、今の玉美の状態ならありえなくはなかった。

「忠君が来たよ」と声をかけると、玉美はうっすらと微笑んだ。俺はビールを二本取り出し、ダイニングテーブルに置く。玉美の手にはすでにビールがあった。

「よいお年を、と言うにはまだ早いけど、乾杯」

ふたりはビールに口をつけ、そっとテーブルに置いた。

「それで、話っていうのは」

「僕はやっぱり、羽田愛未が犯人だと睨んでいます」

忠がきっぱりとした口調で言う。

「彼女の友人関係や過去を自分なりに調べてみました」

「なにかわかったの？」

「いえ、むしろ不思議なくらいなにもわからないんです。友人も特にいないし、SNSも当たり障りない。ひとつあるとしたら、父である院長が心不全で亡くなっていることくらいです。心不全というのは、原因がわからないときにつけられがちな病名ですからね」

「彼女が殺したと？」

「そうは言ってません。そうかもしれないし、本当に心不全かもしれない」

「でもそれだけで彼女を疑うのは」

「こないだ、一週間ほど尾行しました」

思わず咳き込み、口を覆った。

「なにもありませんでした。学校と家の往復だけ。警察からマークされていることを気にかけているのかもしれませんが、僕にはどちらかというと早く帰ろうとしているように思えました」

「ということは」

「まりなに会うためではないかと」

「でも家宅捜索はしたし」

ベランダにいたはずの玉美はいつのまにか横のソファに腰掛けていた。

「隠し部屋があるとしたら」

「警察でも見つけられないような？」

「それしか考えられないんです」

「でもこれくらいのことじゃ、警察ももう一度ってわけにはいかないだろ」

「僕が忍び込みます」

おそるおそる「本気？」と尋ねると、忠はすかさず「はい」と返事をした。

「もしばれても僕が捕まれば済むんです」

そう言って忠は両手を握り、親指の爪を噛んだ。

「少し落ち着いた方がいいんじゃないか」

「ここにこの話をしに来たのは相談じゃなく、報告です。勝手をお許しください。もし、まりながが羽田愛未に二ヶ月以上も監禁されているのだとしたら、彼女はかなり追い込まれているはずです。早く助けないと」

「どうしてそこまで」

「まりながいなくなったのは、友人から僕宛てに届いたオンラインサロンのチラシがきっかけだと思うんです。それに、そもそも僕が彼女をもっと早く突き放しておけば、こんなことには」

ビールの泡が弾け、かすかに響く。

「自分が動いていればって思うの、もういやなんです」

忠から漏れる息は揺れていた。

「違うよ、忠君。まりなが自分で取った行動なんだ。君のせいなんかじゃ」

「だとしても、助けない理由にはならないんです」

おもむろに玉美が立ち上がり、忠を見下ろす。

「じゃあ聞くけどさ。どうやって忍び込むつもりなわけ？」

玉美の震える声には、行き場のない怒りが含まれていた。

「ねぇ、教えて。どうやって助けようとしてるの？」

「それは……言えません」

「は？　なんで？」

「疑っているわけじゃありませんが、どこから計画が漏れるかわかりませんから」

「わたしを疑ってんの？　ふざけないでよ」

「玉美」

割って入ると、「じゃあ、わたしもやる」と彼女は言った。

「待て、無茶言うなよ」

「あなたは？　身を挺して娘を救う気はないの？」

「俺だって――」

そこまで言って、観念したようにスマホを差し出し、写真を見せる。

「何度か尾行した」

愛未だらけのカメラロールを見た玉美は「いつのまに」と眉をひそめた。

「仕事休んで、日帰りでちょこちょこな。俺もやっぱりあそこがおかしいと思ってたから」

「なら、もしかして達彦さんも」

忠と玉美が呆れたように笑う。

「ひとりで忍び込むつもりだった。というのも、俺には君よりも確信があるから」

「どういうことですか」

「水道のメーターだよ」

愛未の家の水道メーターは玄関脇の道路の地中にあり、ちょっといじれば覗くことができた。

「誰もいないはずの時間にメーターが回っているのを、俺はこの目で見た」

「なるほど、よく気づきましたね」

「言ってなかったか？　俺は数年前に水道の管理会社に転職したんだよ」


一月の半ば、仙台はみぞれ混じりの雪が降っていた。フロントガラスに当たって溶けていく雪は、あまりいい前触れには感じられなかったが、それぞれの意志は揺らがなかった。

この日、愛未の大学が臨床実習だというのは事前の探りで把握していた。彼女が欠席どころか遅刻もしないことは尾行のときに確認済みだったので、休むことはまずないだろうという見立てだった。

間違いなく不在となる午前十一時頃を到着の目安とし、レンタカーのハイエースに乗り込む。約五時間の道のりを経て愛未宅に着くと、車内から様子を眺めた。高い塀で囲われているため、見えるものはなにもないのだけれど、三人はそれでもしばらくの間見つめ続けた。

事前の計画通り邸宅の裏側に回り、人の気配がないことを確認してバックドアから脚立を下ろす。そして忠、玉美、俺の順で羽田邸の塀を乗り越え、敷地に入っていった。

庭の掃き出し窓を前にした忠が、持参したガラスカッターで窓の錠部分を切り取る。手こずることなく鍵は開き、侵入した三人は手分けして愛未の家を調べ始めた。

愛未の邸宅は二階建ての日本家屋だが、内装は外観からは想像できないほど現代的かつ機能的だった。バリアフリーなのはもちろんのこと、家電も最新機器が揃っており、インテリアのデザインはシンプルでありながら随所にこだわりが見られる。特に驚いたのは、二階建てにもかかわらずエレベーターが設置されているところだった。もしかしたら愛未の家族には足の悪い人がいたのかもしれない。

ハイグレードな邸内に目を奪われつつも、リビング、寝室、台所、風呂、トイレと、異変がないか隅々まで見て回る。だが、まりなはどこにもいなかった。

一階は見切りをつけ、二階へ上がることにした。階段からは他のふたりが行ったので、エレベーターの方へ向かう。そしてエレベーターのボタンを押したとき、床からわずかな振動を感じた。

――まさか門戸が開いている？

腕時計を見る。まだ実習中のはずだ。警備会社から愛未に緊急連絡でも行ったか。

玄関の方から鍵の開く音が聞こえたので、咄嗟にエレベーターに乗り込み、慌てて《閉》のボタンを押す。しかし間違えて押したのは一階のボタンだった。焦りに任せて手のひらで《閉》を押すと、今度は一階と二階のボタンを同時に押してしまう。なにやってんだよ俺――そう思ったのも束の間、《2》《1》《閉》のボタンは点灯したまま消えず、エレベーターは静かに閉まって地下へと下りていった。

開いてまず見えたのは、白熱灯に照らされた棚の数々だった。あらゆる器具が並んでおり、また別の棚には背表紙のくすんだ本がぎっしりと詰め込まれている。長方形の大きなテーブルには顕微鏡なども あり、まるでラボのようだった。

愛未の家が代々医師の家系だとしても、自宅に研究室を設けるのはやりすぎではないか。それにエレベーターにはこの階のボタンがないことも不自然だった。

奥に進んでいくと、デスクの上に数台のモニターがあった。そこには白い部屋で過ごすまりなの姿があらゆる角度で映されていた。

「どちらさまですか?」

突然の声に振り向くと、愛未から顔になにかをかけられる。それが催涙スプレーだとわかったときにはすでに悶絶し、地面に倒れ込んでいた。

「もしかして、まりなのお父様?」

痛みで声が出ない。そこに追い討ちをかけるように、身体に電気が走る。

スタンガン――。朦朧とする意識のなか、愛未の声が耳に届く。

「誰かが侵入するとわたしに通知が来るようになってるんです」

後ろ手にされ、結束バンドで縛られる。抵抗したいが、全く力が入らない。両脇にロープを通されると、愛未は俺を引きずってどこかに運んでいく。

痛みに耐えながら、首をひねって愛未の前方を見る。霞む視界に必死に目を凝らすと、デスク脇のドアは廊下に繋がっていて、奥には白い扉があった。おそらくその向こうに、まりながいる。

俺も同じように閉じ込めるつもりなのだろう。されるがままの屈辱とともに、まりなに会える喜びが湧いてくる。ここまで来て負けるわけにはいかない。しかし、この状況をどう切り抜けるべきか。

打開策を見出せないままラボの方に顔を戻すと、こちらの様子をうかがう人影が目に入る。するとその人影は、こちらに向かって脇目も振らずに走った。はっきり見えなくても、シルエットと動き方で玉美とわかる。後から追いかけてくるのは忠だろう。

気づいた愛未はロープから手を離し、ポケットからスタンガンを取り出して構えた。しかし玉美は臆することなく真正面から飛びかかって、体当たりをする。そして馬乗りになると同時に、愛未の小さな悲鳴が響き、手からスタンガンが落ちた。

それを忠が蹴飛ばしてからはあっというまだった。彼女は俺と同じように後ろ手にされ、玉美が持参した手錠をかけられた。

「よくここがわかったね」

玉美が達彦の結束バンドを外しながら言う。

「玉美こそ」

「わたしは二階からあなたとこの子がエレベーターに乗り込むのを見てたから。二階に来ないってことは地下があるってことでしょ。どうやって下に行くのかはなかなかわからなくて、助けにくるのが遅くなっちゃったけど」

「いや、大したもんだよ。ありがとう」

まだあまり目が開けられず、玉美がどんな顔をしているかは見えない。それでも、きっと笑っていることは感じ取れた。

「おふたりは先に行ってください。僕が彼女を見ておきますから」

忠に促され、玉美の肩に手を回して突き当たりまで歩いていく。引き戸をスライドさせると、鉄格子の先にあの白い部屋があった。

「まりな！」

玉美とほぼ同時にそう呼ぶ。しかしまりなはぐったりとしていて反応しない。

「おい！　鍵は！」

愛未に叫ぶと、忠が彼女のポケットから鍵のついたキーホルダーを取り出し、こちらに投げる。鍵の開いた鉄格子を押すと、玉美はまりなに駆け寄って抱き起こした。そして何度も名前を呼びながら、頬に手のひらを当てる。すると瞼がゆっくりと開かれ、ぼんやりと開いた口から「ママ」と乾いた声が零れた。

「まりな。もう大丈夫だからね。おうちに帰ろう」

虚ろな瞳であたりを見回したまりなは、むくりと立ち上がっておもむろに廊下の方へ歩き出す。まりなの髪が後ろに流れ、首筋に透けた血管が見えた。手は強く握りしめられている。

まりなは愛未の前に立ち、鋭い眼差しで見下ろした。愛未も覚悟を決めたように食いしばり、目を閉じる。

しかしまりながとった行動は、想像とは異なっていた。

彼女が愛未を強く抱きしめたとき、まりながなにを考えているのかわからなかった。それはきっと自分だけじゃない。玉美も忠も愛未も、もしかしたらまりな自身でさえも、行動の真意を理解できていなかったに違いない。けれど誰も口を挟もうとはしなかった。抱きしめるまりなと視線を揺らす愛未を、俺たちはじっと見つめ続けた。

まりな

「まりなのこと、脚本にしていいかな」

彰人の言い方は、本気かジョークかわからない。

「事件をモチーフにするとか安易だからやめた方がいいよ」

そう言うと、「もう少し監禁されていた方がよかったんじゃない?」と口を尖らせた。その隣にいるあやは少しも笑っておらず、ただただ目をハンカチで拭いていた。

「そんなに泣かないでよ」

「だって」

あやが子供のように嗚咽する。

「ずっと泣いてたんだよ。まりながいなくなってからさ」

「そりゃ泣くよ……うぅ……」

監禁されている間にふたりは付き合い始めた。一緒に脚本を書いたことが発端だと思ったけれど、あの事件で不安定になったあやを彰人が支えたのがきっかけだという。それを知って、あの大変だった日々もほんの少し成仏した。

彰人とあやの様子を忠さんが優しい顔で見つめている。

「そろそろ行くね。今度はぬいぐるみ買ってくるから」

あやは目元を赤らめながら笑みを作る。

「とびきりかわいいヤツをお願い」

名残惜しそうに病室を出ていくふたりに手を振るわたしの横で、忠さんは頭を下げている。

ふたりきりになった病室の机には、波定さんがくれたプリザーブドフラワーが置かれ、隣のバスケットには橋本さんから届けられたフルーツの盛り合わせが入っていた。美術の才能がなくても、デッサンしたくなるような配置だった。

「ねぇ忠さん。ずっと聞きたかったんだけど、効率がいいからこの病院にしたの？」

先ほどまでのよそゆきの表情と打って変わって真顔になった忠さんは「そんなわけないだろ」と言った。

「俺が決めたんじゃないよ。警察の人が紹介してくれたんだ」

「でもラッキーって思ったでしょ」

「それは、まあな」

今もまだ夢のなかだと思うことがある。だけど忠さんの表情の柔らかさが、確かに現実だと感じさせる。

ここに来て二週間ほどが経ち、ようやく面会が許されるようになった。

両親と忠さんに発見されたあと、すぐに病院に運ばれた。朝顔の成分による薬物依存と診断され、入院を余儀なくされている。全くピンとこないけれど、確かにめまいや頭痛が時々あって、日常生活にはまだ戻れない。それでもちょっとずつ回復している。

「早く家に帰りたい」

「そう焦るなよ」

もう少し入院していた方がいいと担当医も両親も忠さんも言う。体調の面だけでなく、状況を鑑みてのことだった。知らず知らずのうちにわたしはずいぶんと有名人になっていた。

「監禁を抜け出してなお監禁や」

五七五の節をつけて言っても忠さんは笑ってくれない。

愛未は誘拐と監禁致傷の疑いで逮捕された。父親殺害の容疑もあるらしいが、本人は否定している。やはり彼女は以前、あの部屋に閉じ込められていたらしい。しかし不思議なのは、彼女はきちんと学校には通っており、許可をもらえれば外出もできたという。つまりいつでも逃げ出したり、助けを求めることはできたはずだ。しかしそうはしなかった。彼女は家に帰ればおとなしくあの部屋に戻った。

もしかしたら、愛未も父を愛していたのかもしれない。本人も気づかないほど、当然のように。父を亡くして行き場のなくなったその愛がわたしに向けられたと思うのは、さすがにこじつけだろうか。けれど愛はそれくらいわかりにくく、見えにくく、気づきにくい。だからわたしたちは足りないと思って、追い求めてしまうんだろう。

「六時から仕事だから帰るよ。また明日来る」

日はすっかり沈んでいる。

「うん」

忠さんは大学を辞めることにした。わたしのせいだろうけど、彼は決して認めない。「オンラインサロン、めちゃくちゃ儲かるんだよ。それに楽しいからさ」と決まって言う。わたしは正直辞めてほしい。でも好きなことをしている忠さんは好きだから悩ましい。帰ってほしくないけれど、去り際に振り返って小さく手を振る忠さんがかわいくて好きだから、これも同じく悩ましい。

今日はもうきっと、誰も来ない。

立ち上がって別の病室に向かう。

涼太さんは相変わらず眠りっぱなしだった。

「おーい」

最初にまずそう声をかけるのがすっかり決まりになっている。

ベッドの端に腰掛けて、涼太さんの顔を眺める。毎日退屈だけど、なぜか彼の顔は見ていられる。それは花を眺めるような感覚に近かった。

「わたしはよくなっているのに、涼太さんはどうしてまだ寝てるのかな?」

彼を見るたび、砂の城を潰す少年を思い出す。あのときなにを考えていたのか聞きたい。だから早く目を覚ますよう、何度も涼太さんに呼びかける。涼太さんの頬をつまむと温かかった。

助け出されたときのことはあまり覚えていない。

ただ、愛未の怯えたような顔は覚えている。

あれは赦しだったのか、と忠さんに聞かれたことがあった。

そんなつもりはなかった。ただ抱きしめたくなった。あのとき自分のなかにあったのは、それだけだった。

人の行動に必ずしも理由があるわけじゃないと、身をもって感じた。

愛未や他の人たちが、抱きしめたことを赦しとするならばすればいい。愛と呼ぶなら呼べばいい。その正体がなんであれ、愛未を抱きしめた自分が愛おしく、誇らしい。今のわたしにはそれだけでじゅうぶんだ。

涼太さんの頬がぴくりと動いて思わず「わぁ」と声を上げる。だけどそのあとはまたいつも通りだった。朝顔の後遺症で幻覚を見たのかもしれない。

いまだにミアキスの夢を見る。だけど以前とは違い、ミアキスの数は一匹に限らない。数匹のときもあれば、数えきれないくらいのミアキスがこちらを見ているときもある。そのどれもが、とてつもなくかわいい。

「まりな」

ドアのところにママが立っている。

「やっぱりここにいた」

「珍しいね、こんな時間に」

「会いたくなったから。仕事早く切り上げて来ちゃった」

「恋人みたいなこと言うね」

ママはかなり痩せてしまった。それでもわたしと同じようにちょっとずつ元気になっている。

「できるだけ早く退院した方がいいかも」

ママは窓際に寄りかかり、唐突にそう言った。

「もしかしたら病院も大変なことになるかもしれないし、病室も空けてあげた方がいいじゃない?」

「どういうこと?」

「ウィルスよ」

「ウィルス？」

「知らないの？　世界中で問題になってる新種のウィルス」

「知らない。だってわたしはわたしのことだけで精いっぱい」

「さっき廊下でね、お医者さんが患者さんたちから『あのウィルスはなんなのか』って質問攻めされてた」

そのウィルスがどれほど拡がるのかはわからない。ただ愛だって負けないと、見えない誰かに胸の内で宣言する。愛はもっともっと拡がるんだから、と。馬鹿馬鹿しいかもしれないけれど、この馬鹿馬鹿しさは馬鹿にならないんだから、と。

初出

『anan』
2097号（2018年4月11日発行）
2107号（2018年6月27日発行）
2117号（2018年9月12日発行）
2132号（2018年12月26日発行）
2141号（2019年3月6日発行）
2160号（2019年7月24日発行）
2178号（2019年12月4日発行）
2211号（2020年8月5日発行）
2230号（2020年12月23日発行）
2244号（2021年4月7日発行）
2281号（2022年1月12日発行）
2285号（2022年2月9日発行）
2289号（2022年3月9日発行）
2294号（2022年4月13日発行）
2298号（2022年5月18日発行）
2302号（2022年6月15日発行）

書籍化にあたり、加筆修正いたしました。

参考文献・『愛するということ 新訳版』（紀伊國屋書店／1991年版）エーリッヒ・フロム 鈴木晶訳

加藤 シゲアキ（かとう しげあき）

1987年生まれ、大阪府出身。青山学院大学法学部卒。NEWSのメンバーとして活動しながら、2012年1月に『ピンクとグレー』で作家デビュー。その後もアイドルと作家活動を両立させ、2021年『オルタネート』で吉川英治文学新人賞、高校生直木賞を受賞。同作と次作『なれのはて』で、2作連続直木賞候補に。他の作品に『閃光スクランブル』『Burn.—バーン—』『傘をもたない蟻たちは』『チュベローズで待ってる　AGE22・AGE32』『できることならスティードで』『1と0と加藤シゲアキ』、呼びかけ人として参加した能登半島地震支援チャリティ小説企画『あえのがたり』などがある。

ミアキス・シンフォニー

2025年2月26日　第1刷発行

著者　加藤シゲアキ

発行者　鉄尾周一

発行所　株式会社マガジンハウス
〒104-8003　東京都中央区銀座3-13-10
書籍編集部　☎03-3545-7030
受注センター　☎049-275-1811

印刷・製本　大日本印刷株式会社

ISBN978-4-8387-3306-4 C0093